Pascale Tournier

UNE DOUBLE FAUTE

Roman

le cherche midi

Vous pouvez consulter notre catalogue général
et l'annonce de nos prochaines parutions sur notre site :
www.cherche-midi.com

92, avenue de France
75013 Paris
serviceclients@lisez.com

Conception graphique : Justine Dupré
Composition : Peter Vogelpoel
Dépôt légal : septembre 2024
ISBN : 978-2-7491-8036-6

[illegible], le 5 mai 2025

Pour Enzo

Une double faute,

aux histoires oubliées qui [illegible]

de toutes les générations suivantes.

Encore merci pour le [illegible]

[illegible]

À ma mère.
À Louise et Faustine.

« Notre héritage n'est précédé d'aucun testament. »

René Char, *Fureur et mystère*

« C'est ainsi que nous déambulons toujours
dans les mêmes endroits, à des moments différents
et malgré les distances des années,
nous finissons par nous rencontrer. »

Patrick Modiano, *Voyage de noces*

« Le plus grand effort culturel du siècle,
que ce soit Marx ou Freud, fut en faveur
des prises de conscience : nous avons désappris
à nous ignorer. »

Romain Gary, *Au-delà de cette limite,*
votre ticket n'est plus valable

1
LA POPOTE
Mars 1942

Il avance à grands pas sur la rue Tronchet. L'église de la Madeleine avec ses colonnes néoclassiques se dresse au loin.

Mars 1942, Paris remue sous un soleil printanier. Les salariés de banques du boulevard Haussmann et les employés de maison arpentent les trottoirs. Des vélotaxis se disputent la chaussée avec des autobus qui roulent au mauvais gazogène.

C'est l'heure du déjeuner. François pousse la porte du numéro 45. Il est manifestement en retard. Dès son arrivée, un serveur en habit le débarrasse de son chapeau en feutre et de son pardessus. Il est un habitué de La Popote, l'un des hauts lieux du Paris des affaires où se croisent banquiers, industriels, intellectuels, ministres et hauts fonctionnaires du gouvernement Vichy. François est haut fonctionnaire au ministère de l'Économie nationale et des Finances. Physique de jeune premier à la Humphrey Bogart, strict costume trois-pièces noir, un regard clair et une cigarette souvent coincée entre ses lèvres charnues. Il a 41 ans et une ambition certaine.

La Popote est aussi l'une des meilleures tables de Paris, qu'il faut réserver plusieurs jours à l'avance. Il en coûte en moyenne 10 francs pour un repas. Ici on ne connaît pas les tickets de rationnement. Pas besoin de présenter ces bouts de papier siglés – E pour enfants de moins de 3 ans, V pour les personnes de plus de 70 ans, T pour les travailleurs de force – pour bénéficier en abondance de viande et de pain.

Tandis que la France se nourrit de rutabaga et boit des ersatz de café, la cantine de luxe est abreuvée de beurre, de poissons frais et de jambons fumés. Des camions sillonnent la France pour trouver des mets de choix. Un jour, on a même dépecé une vache normande dans la cour.

Le restaurant appartient à la banque Worms, une banque d'affaires qui a prospéré depuis le XIXe siècle grâce à ses liens avec le monde politique. La banque possède des fonds dans le pétrole et la construction navale. Son fondateur s'appelle Hippolyte Worms, un Juif. Son directeur, Gabriel Le Roy Ladurie, est un homme de réseaux. Il prend un plaisir certain à recevoir ses hôtes dans cette cantine de luxe.

Tous les matins, Le Roy Ladurie organise méthodiquement les plans de table dans la grande salle de restaurant. Elle peut contenir jusqu'à trente convives. Sa secrétaire l'accompagne. Une femme singulière. Tous les mercredis soir, elle court au domicile de Charles Maurras, le père du nationalisme intégral, pour lui rapporter les pensées politiques des invités de La Popote.

*

François ne m'est pas un inconnu. Cet homme est mon grand-père. Jusqu'à peu, je ne savais presque rien sur lui. Il est mort en 1979 mais je ne l'ai jamais vu assister ni aux réveillons de Noël, ni aux baptêmes, ni aux premières communions, ni aux anniversaires de ses petits-enfants, pas même à ceux de son fils unique, mon père. Jamais son nom ne fut prononcé lors des vives discussions de famille qui enflammaient nos repas dominicaux.

Quelques souvenirs me restent. Le plus marquant a pour décor le parc Monceau. L'un des parcs les plus romantiques de Paris. Frédéric Chopin et Alfred de Musset y ont chacun leur statue de pierre, posée sur un carré vert de gazon. Zola y campe plusieurs scènes de La Curée, *le grand roman de la bourgeoisie affairiste du XIXe siècle.*

Mon grand-père m'attend souriant près de la rotonde du boulevard de Courcelles. Porte-t-il un chapeau en feutre ? Un manteau en laine ou un imper beige ? Je ne sais plus mais il tient dans ses mains un tricycle rouge. J'ai 3 ans. Dans l'allée proche du célèbre bassin, sous ses colonnes néoclassiques, je pédale avec mes guiboles mal assurées. Peut-être m'encourage-t-il.

*

François pénètre dans la salle principale de La Popote et se dirige vers la grande table centrale ornée d'assiettes en porcelaine et de couverts en argent. Des bouteilles de grands crus y trônent. Une bande de quadragénaires portant vestons à fines rayures et cravates bien nouées siège tout autour. Manifestement, tous possèdent ici leur rond de serviette.

Comme François, la plupart sont inspecteurs des Finances. D'autres sont diplômés de l'École polytechnique ou de la Rue d'Ulm. Tous représentent « la crème » du système méritocratique à la française. Sur leurs visages s'affiche ce mélange de confiance et d'arrogance propre à ceux qui savent qu'ils appartiennent désormais à l'élite. Ils entendent profiter de la période tumultueuse que le pays traverse pour transformer la France. Les privilèges dont ils disposent, ils souhaitent les garder. Et sont prêts à tout pour cela.

Certains ont vécu les horreurs des tranchées de la guerre de 14-18. Chacun y a perdu un père, un oncle ou un ami. En juin 1940, c'est dans leur chair qu'ils ont éprouvé l'humiliante défaite de l'armée française. Assister impuissants à l'effondrement de la France en moins de six semaines fut pour eux un choc. Ils sont certains de vouloir servir le pays. Oui, mais comment?

En février 1941, une poignée d'entre eux s'est saisie des rênes du pouvoir sous la férule de l'amiral Darlan. Ils ont intrigué pour recevoir des maroquins. L'écrivain Pierre Drieu la Rochelle a été un de leurs soutiens, auprès de l'ambassadeur d'Allemagne, Otto Abetz. L'homme clé du régime nazi en France.

« Mais vous nous amenez toute la banque Worms ! » s'est exclamé Henry du Moulin de Labarthète, directeur de cabinet du maréchal Pétain, quand il a découvert la liste d'hommes que lui proposait l'amiral Darlan. Ce dernier lui aurait répondu sans ciller : « Cela vaut toujours mieux que les puceaux de sacristie qui vous entourent. Pas de généraux, pas de séminaristes, des types jeunes, dessalés, qui s'entendront avec les fritz et nous feront bouillir de la bonne marmite. »

« Ceux de la banque Worms » pensent pouvoir faire jeu égal avec l'ennemi. Faire vivre la Révolution nationale, censée restaurer les valeurs morales pour lutter contre le délitement intérieur, est leur combat. Travail, Famille, Patrie. À ce triptyque s'ajoute l'exclusion des « mauvais Français », des francs-maçons, des communistes et des Juifs. Sans oublier leur souci d'une gestion rationnelle et dirigiste de l'économie. La rénovation industrielle de la France intégrée dans une Europe nouvelle, dominée durablement par l'Allemagne, est le mot d'ordre de ces « jeunes cyclistes », surnom dont les a affublés Henri Moysset, déjà ministre en poste à Vichy. Ils diffèrent des « anciens Romains » que compose le tout-venant de la vieille garde maréchaliste.

François est un « jeune cycliste », bien niché dans le peloton. A-t-il les épaules pour se hisser en tête ? Parvient-il à jouer des coudes ? On sait ses qualités, mais on le soupçonne d'être un peu trop rêveur et d'accorder trop d'importance aux choses de l'amour. C'est vrai qu'il est bel homme. Et les femmes le lui rendent bien.

D'un pas mesuré, il progresse vers la grande table de la salle à manger. Son regard se fixe d'abord sur Jacques Barnaud. Lunettes rondes, cheveux gominés plaqués en arrière, l'homme, au centre de la table, déploie un ton cérémonieux. Barnaud est assurément le chef d'escouade. Il est celui qui a le plus d'ambition. On le surnomme « le Sphinx ». Son caractère est énigmatique et ses phrases rares. On sent qu'il pense en stratège.

Barnaud occupe le poste de délégué général aux Relations économiques franco-allemandes, fonction centrale dans le gouvernement Vichy. Dans les tractations avec les Allemands qui ont lieu à l'hôtel Majestic, près des Champs-Élysées, il est toujours en première ligne. Inlassablement, il essaie de modérer la soif de l'envahisseur. Ce n'est plus un nœud coulant que les Allemands ont mis autour du cou des Français mais un licol qu'une main ferme resserre chaque jour davantage.

Entre François et Barnaud, la poignée de main est franche. Elle témoigne de leur appartenance au même corps d'élite technocratique. Ils ont réussi le concours de l'inspection des Finances et font partie du grand état-major financier. Une caste dans la caste.

François continue ses civilités. Antoine Merlin d'abord, l'un des plus fidèles collaborateurs de Barnaud. L'homme qui scrute de son regard pétillant la carte du menu affiche les traits réguliers d'un quarantenaire en pleine possession de ses moyens. Il a un aïeul qui était baron d'Empire. Il le répète à l'envi. Sorti de la même promo que François, les deux hommes se connaissent parfaitement.

Les chaussures noires de François crissent sur le plancher. En face du « Sphinx », se tient Pierre Pucheu, impatient d'entamer son assiette de pommes à l'huile. Avec son parler franc et son énergie débordante, ce grand gaillard d'extraction modeste est habité par la volonté d'arriver au plus haut de l'échelle. Il y est parvenu. Il a adhéré au lendemain du 6 février 1934 aux Croix-de-Feu du colonel de La Rocque, et plus tard, en 1941, est devenu secrétaire d'État à la Production industrielle, puis ministre de l'Intérieur.

À la droite de Pierre Pucheu est assis François Lehideux, délégué général à l'Équipement national, que François vient saluer avec déférence. Ce diplômé de l'École libre de sciences politiques est le neveu par alliance de Louis Renault.

D'un coup d'œil circulaire, François avise les autres convives : Yves Bouthillier, ministre des Finances, un proche du maréchal Pétain, qui incarne la tradition de l'orthodoxie de l'inspection des Finances; Paul Marion, toujours en verve, est secrétaire général à la vice-présidence du Conseil, c'est un transfuge du parti communiste et, enfin, Jacques Benoist-Méchin, secrétaire général à la vice-présidence, visage glabre et lèvres fines. Cet historien militaire, lettré et délicat, est un germanophile convaincu.

Les plats sont terminés. La fumée des cigares enveloppe les visages assombris. Un garçon vient proposer des digestifs qu'il fait couler délicatement dans les verres. La nervosité des convives est palpable. On murmure. Il se passe quelque chose. Barnaud recule sa chaise pour se lever. Les pieds en bois de l'assise grincent légèrement. Il reboutonne sa veste. D'une main levée, il réclame le silence.

Que leur dit-il ? Qu'une réunion secrète a eu lieu le 26 mars dernier entre le maréchal Pétain et Pierre Laval dans la forêt de Randan. Que Hitler veut faire venir par tous les moyens plus de 250 000 travailleurs français en Allemagne avant le 31 mars. Mais sur les 1 000 Juifs qui ont quitté le camp de Compiègne pour Auschwitz, sur ce convoi que l'État français a organisé en collaboration avec l'Allemagne, il ne dit rien.

Les esprits s'échauffent. Laval au pouvoir, quelle plaie ! Il ne fait pas partie de leur monde. Et il faudra lui obéir. Les apartés se multiplient. François s'accorde une lampée de cognac.

Il est 15 heures, les serveurs viennent proposer une nouvelle salve de digestifs. Avant de quitter les lieux, François prend le temps de saluer Barnaud, Lehideux, Pucheu et Merlin. Propose à tous un déjeuner dans les jours qui viennent.

Dehors, sur le trottoir, il monte dans une voiture. Jeanne l'attend. Il a hâte. Il pense aux caresses de son amante, à l'immense jouissance qui va le traverser. Aura-t-elle cette supplique comme la dernière fois pour qu'il quitte sa femme ? Il ne l'espère pas. Jean tient à Gabrielle et à son fils Jean-Philippe. Pourtant, souvent, il rêve d'une autre vie.

Sur la banquette en cuir, il lance sèchement au conducteur une adresse, dans le 17e arrondissement. La voiture démarre. Depuis la fenêtre du véhicule, François observe Benoist-Méchin parler avec un Allemand en uniforme. Ses bottes en cuir noir luisent sous le soleil. La voiture s'élance sur les pavés en grès vers la place de la Concorde. Tous les panneaux de signalisation de la ville sont en allemand.

*

Au tennis, on parle de double faute lorsque deux services consécutifs manquent le carré situé derrière le filet. À chaque balle hors du jeu, l'arbitre crie « Out ! ». *Dans le cas d'un double échec pour une même tentative, le point est perdu. Mon grand-père a-t-il commis une double faute ? Il a servi le Maréchal et suivi sa maîtresse. Tous ses descendants seront marqués par ses décisions. Un tabou pèse sur ma famille.*

On a souvent tendance à relier le malheur et la douleur à l'idée d'une faute, d'un péché originel. On cherche un responsable, un bouc émissaire, un acte de travers. Comme bien des familles, la mienne a enduré son lot d'événements tragiques qui, accumulés, ont fini par former un collier de traumatismes qui vous serre la gorge.

Mon grand-père François s'est retrouvé « out » *de notre carré familial. On l'a biffé de nos albums de photos. Il ne figure pas sur les clichés de mariage de mes parents dans les années 1950. Mon père Jean-Philippe ne l'a pas prévenu de cet événement. Et c'est au bras d'un de mes oncles que ma grand-mère Gabrielle, en robe noire à manches ballons et petit chapeau à plumes, est entrée dans l'église parisienne où s'est tenue la célébration. Inutile de dire qu'elle n'a jamais refait sa vie.*

François est un fantôme. Un de ceux qu'on ne laisse pas rentrer dans la maison. Par peur qu'il ne débarque, on verrouille tout. On ferme les volets, les portes à double tour, les lucarnes ouvertes sur le ciel. Et puis encore on se bouche les oreilles et on ferme les yeux. Certains esprits, dit-on, ont la capacité de traverser les murs, même les plus épais, pour s'inviter auprès de la mémoire des vivants et vivre à travers eux.

Longtemps j'ai laissé cette figure maudite au seuil de ma maison mais un jour, comme on part en voyage dans un pays étranger, j'ai décidé d'aller à sa rencontre. Dans ce qui se transmet d'une génération à l'autre, le trop pèse, le rien aussi.

Dans les documents d'archives stockés sur des étagères poussiéreuses, les photos jaunies, les livres d'histoire qu'on ne consulte plus, j'ai cherché sa trace. Depuis, parfois, François m'apparaît dans son costume, le regard de biais, séducteur sans s'en rendre compte. Au milieu d'un parterre de technocrates, il se retourne vers moi et me sourit. Cela se passe en France sous l'Occupation.

2
LE PRIX DU BLÉ
Avril 1942

François pose le pied sur le trottoir du 86, rue de Rivoli. La pluie tombe dru sur l'asphalte. Son imperméable et son feutre sont trempés. Face à lui, les huit cariatides du fronton de l'aile Richelieu du Louvre affrontent bravement la colère des éléments en costume déshabillé. Malgré les incendies survenus pendant la Commune de Paris, le bâtiment a tenu bon. Depuis 1871, il abrite le ministère de l'Économie et des Finances.

Le calme règne dans les couloirs. Plafonds démesurément hauts, lustres en cristal, tentures pourpres, stucs et dorures, le décor rappelle les fastes de la royauté. Les huissiers en habit gardent un visage impassible, pendant que François grimpe l'escalier en colimaçon qui mène au bureau du ministre. La vue sur la silhouette rose du Carrousel, désert à cette heure, y est imprenable.

Ce calme n'est qu'apparent. Les bourrasques qui assaillent la forteresse des ministères se font plus grosses et, dans leur mouvement intense, elles n'épargnent personne. Pas même la « Rue de Rivoli », censée incarner la continuité et la stabilité. Des drapeaux bardés d'une croix gammée ornent la façade de l'hôtel Meurice situé à quelques mètres de là. Les Allemands ont fait du palace leur quartier général.

François travaille au rez-de-chaussée. Il n'est pas mal loti. Son bureau de style Empire en acajou garni en impose. Une lampe à gaz, des livres, tout est en ordre si ce n'est cette quantité impressionnante de dossiers qui s'amassent partout sur des étagères. Plus que dans le bureau du ministre. Une armoire vitrée fermée à clé protège certains dossiers, le personnel de ménage est passé, la poussière a été faite. Même en temps de guerre l'État français sait tenir son rang.

Sur le palier attenant se trouvent ses collègues de la direction de l'Économie générale, qu'il salue d'un geste bref. On les appelle les « besogneux ». Les

« stratèges » des directions financières, le Budget et le Trésor, sont installés à un autre étage. Le gouvernement de Vichy a insisté pour que la délégation générale des relations franco-allemandes ait aussi sa place dans le bâtiment.

François a débarqué Rue de Rivoli après une incursion dans des cabinets ministériels. Un passage aussi court que la durée des gouvernements de la IIIe République qui, telles de frêles embarcations, se sont fracassés sur les écueils du pouvoir. En 1934, il a été nommé chef adjoint du ministre de la Marine marchande auprès de William Bertrand. Un avocat de formation de tendance radicale et franc-maçon. Ce qui n'a pas empêché ce dernier de voter les pleins pouvoirs au maréchal Pétain en 1940.

Assurément, François a beaucoup appris auprès de Bertrand. Il a aimé naviguer sur les eaux bleues des cartes maritimes, épingler tout autour du globe les comptoirs de l'empire colonial français. Quand Louis de Chapdelaine fut nommé ministre, en février 1936, il a gardé certains membres de l'équipe Bertrand. François en était. Mais la victoire quelques mois plus tard du Front populaire a stoppé net son ascension dans les ministères. Les socialistes l'ont obligé à remiser ses rêves d'exotisme et son ambition politique.

Il a replongé dans les eaux anonymes de l'inspection des Finances.

Après avoir suspendu son imper à une patère, il s'installe à son bureau. Costume croisé noir agrémenté d'une pochette claire, chemise blanche, cravate sombre portée haut comme le veut la mode, physique bien proportionné, carrure même, il en impose. Rapidement il jette un coup d'œil sur la presse du jour. « Léon Blum achève le panégyrique de Léon Blum », titre *L'Action française*, « Les dépositions des généraux se succèdent à Riom » rapporte à sa une *Le Matin*, tandis que *L'Œuvre* indique que « Berlin n'est pas content de Riom ».

François suit de près le procès des « responsables de la défaite ». Il guette les comptes rendus des audiences qui se succèdent depuis le mois de février à la cour suprême de Riom. Il admire le courage et la ténacité dont fait preuve Blum face à ses juges ; il ne sait pas quoi penser de Daladier.

Une pile de dossiers l'attend. En tant que contrôleur à la direction de l'Économie générale, il lui faut scruter aujourd'hui précisément le coût des arrêts d'importations d'huile d'olive et d'arachide. Mais aussi le niveau des quantités de vin que la France peut livrer aux Allemands. À la vue des tableaux et à la suite d'un rapide calcul, il argue qu'il sera difficile de leur fournir du vermouth cette année.

Un de ses contrôleurs lui fait remonter des irrégularités observées dans une grosse papeterie à Laval-sur-Vologne. Indubitablement, une partie de la production de papier est orientée vers le marché clandestin. Il faut intervenir. Il doit aussi examiner le bilan comptable d'une grosse entreprise de travaux métalliques dont les titres de propriété passent aux mains des Allemands. Encore une. La direction de l'Économie générale est une tour de contrôle de l'économie de guerre à qui rien ne doit échapper.

Cette dernière semaine, on s'inquiète des prix qui ne cessent de monter face à l'encadrement des salaires, qui, eux, stagnent depuis 1939. En parallèle se développe une industrie du marché noir qu'on a peine à endiguer. Ce n'est pas écrit de la sorte dans les notes de sa direction mais il n'est pas dupe : restreindre les besoins des Français pour répondre aux demandes des Allemands est devenu l'ordre de mission principal. On doit s'y plier.

Par rapport à d'autres hauts fonctionnaires, François a très peu de contacts directs avec les nazis. Avec ses collègues, il n'organise pas le Service du travail obligatoire, dont il faut sans cesse gonfler les rangs pour répondre à la demande inflexible des Allemands.

L'aryanisation des biens juifs, quant à elle, relève du Commissariat général aux questions juives et du ministère de la Production. Mais il n'y a pas un jour sans que les autres ministères viennent solliciter les fonctionnaires de l'Économie générale. On a besoin de leur avis.

Le dos droit, plaqué contre le dossier de son fauteuil, il fourrage sa main dans la poche de son veston pour attraper son paquet de cigarettes. Malgré les restrictions, il a trouvé à s'approvisionner correctement. Il prend une clope et l'allume. La cinquième depuis le début de la matinée. Il ressent d'agréables picotements dans la gorge qui lui donnent une impression factice de calme intérieur. La cigarette comble un manque qu'il a toujours au fond de lui.

Une volute ronde n'a pas fini de se dissoudre dans l'air qu'il écrase son mégot dans le cendrier. Pas envie de travailler. Son esprit continue de divaguer. Il pense à Jeanne, à leurs ébats. L'incandescence. La grâce de son corps qu'il aime martyriser. Cette femme le tient.

« L'esprit de jouissance l'a emporté sur l'esprit de sacrifice. » La plainte du maréchal Pétain qui attribue la défaite à une certaine mollesse française le fait bien rire. Ce soir, il va la retrouver et jouir pleinement de son corps. C'est le plus joyeux des sacrifices.

*

« Pourquoi fouiller dans le passé, quelle drôle d'idée ? Regarde l'avenir. Se retourner, c'est affronter trop de douleurs. » Combien de fois n'ai-je pas entendu ces propos où se mêlent dans un même élan bienveillance et désapprobation ?

Combien de fois ai-je observé la crainte de voir les plaies cautérisées se raviver ? Car on sait maintenant que j'enquête sur ce grand-père fantôme.

Certains préfèrent ne pas regarder derrière eux. Est-ce un choix, une question de survie ? Ont-ils tort ou ont-il raison ? Vivent-ils mieux ? Difficile de répondre. Mais j'ai bien compris que toute mythologie familiale devait rester figée et intangible comme un bloc de granit, fixant du même coup les rôles de chacun. La faire revivre, ça ne servirait à rien.

Longtemps, je m'en suis tenue à cette règle tacite : on regarde droit devant. Aujourd'hui, je me retourne pour regarder le passé en face. J'ai besoin de comprendre d'où je viens pour comprendre où je vais. Tant pis si je me brûle.

*

Un sous-main en cuir grenat est posé sur sa table de travail. François ne le quitte pas, c'est son talisman.

L'objet le suit depuis ses premiers pas, en 1926, comme inspecteur des Finances. Un cadeau de son père.

Ses mains commencent à devenir moites. Il n'aime pas cet état. La nuit est tombée quand la fatigue s'abat sur lui d'un coup. Il reprend la lecture de sa note en maugréant. Le document doit aller droit au but et être le plus équilibré possible. Mais il en revient toujours à la même conclusion : le gouvernement français est contraint de réduire de moitié le niveau de vie des Français si l'on veut continuer à alimenter les caisses du Trésor.

Depuis le traité de l'Armistice du 22 juin 1940, les frais d'entretien des troupes d'occupation sur le territoire hexagonal sont à la charge du gouvernement français. Fixée initialement à 400 millions de francs par jour, puis négociée par l'amiral Darlan, la somme a été rabaissée à 300 millions de francs en 1941 avant de remonter à 380 millions de francs au printemps 1942. Les charges allemandes pèsent pour près des deux tiers des charges de la trésorerie. Selon ses calculs, pour arriver à une forme d'équilibre, il faut relever le prix du pain encore de 80 centimes. Une folie. Comment mener une politique budgétaire digne de ce nom ?

Faut-il accepter de payer alors qu'on est déjà occupé ? Alors qu'on subit ? Sans pour autant être annexée, la France est placée sous domination militaire étrangère. Le fruit de son économie sert celle du pays qui la colonise.

Il faut relancer la planche à billets et faire revenir cette somme par la fiscalité ou l'émission d'emprunts, songe-t-il. Tout ce meccano répond à une logique aussi absurde que cruelle : les Français financent le pillage de leur économie. Les effets sur le quotidien de ses compatriotes, il ne veut même pas les imaginer. Une certitude, la France a faim. Les légumes manquent à Paris. On n'a plus de quoi remplir les colis pour les prisonniers retenus en Allemagne.

Hier, au ministère du Ravitaillement, on a annoncé la création d'un service de recherches pour des aliments de remplacement afin de mieux nourrir les enfants et les personnes âgées. François songe à l'inquiétude qui ronge sa femme. Gabrielle trouve que Jean-Philippe, leur fils, a perdu trop de poids. Il n'a que 10 ans. Elle s'inquiète pour sa croissance.

Du cabinet du ministre, il a appris que des trains entiers de vivres qui devaient arriver à Paris hier ont été redirigés vers Cologne et la région de la Ruhr pour servir les Allemands. Tout cela est très cher payé.

Encore une cigarette, en dépit d'un mal de tête qui l'étreint. Son attention se fixe sur un point du document : une baisse des frais d'occupation d'un tiers « équilibrerait à peu près l'augmentation du pouvoir d'achat accordée aux ouvriers et aux paysans ». S'il reste sans illusion sur l'accueil que les Allemands réserveront à cette proposition, il la maintient. Pour ne pas courber complètement l'échine.

François appose enfin ses initiales sur le document et se lève pour ouvrir la fenêtre. Malgré le froid qui le transperce, il a besoin de respirer un peu d'air frais. Dehors le bruit cadencé de bottes d'un groupe de soldats attire son attention. Il se penche pour observer cette cohorte d'hommes jeunes. Leurs corps sont bien sanglés dans les uniformes. Ils marquent le pas exprès comme s'ils étaient en pleine démonstration de force alors que sur leurs joues pleines, sous leur blondeur, on lit l'innocence de l'enfance.

*

Un jour, des histoires anciennes peuvent faire effraction dans nos vies sans crier gare. Assise à une terrasse de café près de la grande plage de Biarritz, je m'apprêtais à partager un séjour avec des amis lorsque je reçus un SMS.

À l'époque, j'habitais dans un imposant immeuble d'habitation du 18e arrondissement de Paris. Les Allemands l'avaient réquisitionné en 1941 pour en faire un lieu de stockage. Par ce SMS, j'apprends que le feu a pris dans notre immeuble. Un incendie s'est déclaré dans les sous-sols. En quelques heures, le feu a atteint les étages, heureusement il a été maîtrisé.

Abandonnant mes affaires, je me lève précipitamment, passe de l'autre côté du parapet, j'enlève mon jean trop épais pour la saison, ma chemise fleurie et vais rejoindre l'océan. Je plonge la tête la première dans l'eau.

À l'époque mon histoire conjugale battait de l'aile et j'avais rencontré quelqu'un. Julien Green disait que l'ennui est « l'un des visages de la mort ».

L'eau encore fraîche enveloppe mes jambes, mon ventre, mes bras, mes épaules, mon cou, mes oreilles, ma tête jusqu'au sommet du crâne. Femme mariée en quête de liberté, j'étouffais. Et de mon histoire familiale j'avais été privée. Tout brûlait autour de moi.

3
DES ENTRÉES ET DES SORTIES
Juillet 1942

Pas un nuage dans le ciel mais un bleu azur. De la fenêtre de son bureau, François scrute la perspective rectiligne de la rue de Rivoli qu'attendrit la courbure féminine de ses arcades. Il allume une cigarette, puis tourne le bouton blanc de son poste de radio TSF. À l'antenne de la radio nationale, on diffuse un reportage sur le Service du travail obligatoire. Le présentateur assure qu'« un départ en Allemagne assurerait plus de largesse pour les familles ». Son interlocuteur, un certain Pierre, en doute, il se demande « si la vie en Allemagne est possible pour un Français ». « Le mieux, c'est d'aller voir », rétorque le présentateur, avant de conclure : « Depuis quelque temps, mes chers auditeurs, le départ des travailleurs français pour l'Allemagne va en s'accentuant. Depuis l'appel émouvant du président Laval, que de chemin parcouru ! Par dizaines de milliers, nos compatriotes, désirant assurer la Relève, se sont inscrits. »

D'un geste sec, il éteint la radio. Lui reste en travers de la gorge le plan de « Relève » de Pierre Laval. Il a annoncé la libération de 50 000 prisonniers contre l'envoi en Allemagne de 150 000 ouvriers qualifiés. « Je souhaite la victoire de l'Allemagne, parce que sans elle, le bolchevisme sera partout », avait martelé Laval, dans son discours du 22 juin. Et cela aussi, François l'a en travers de la gorge : Laval a juste contraint les Français à une collaboration plus étroite.

En prenant les rênes, Laval a concentré tous les pouvoirs. Il a la main sur les Affaires étrangères, l'Intérieur et l'Information. Une guerre sourde avec le Maréchal a commencé. Une guerre de tranchées entre frères ennemis. Des têtes sont tombées au sommet de l'État. Beaucoup de figures de La Popote que François admire ont été débarquées du jour au lendemain.

Lui au moins a pu rester. Son travail reste technique. Il continue de travailler Rue de Rivoli mais, chaque jour, il voit combien les alliances sont fragiles, les retournements nombreux, les embûches multiples. Chaque décision prise peut vous être fatale. Il faut savoir rester prudent.

Il contemple ses mains posées sur son bureau. Elles ne sont ni assez noueuses pour cultiver la terre ni assez graciles pour jouer les artistes tourmentés. « Lehideux, dehors », marmonne-t-il. Le secrétaire d'État à la Production industrielle est retourné dans l'automobile. « Benoist-Méchin, en sursis », poursuit-il. Dans ses tractations avec les Allemands, il était certainement devenu trop encombrant pour Laval, jaloux de son pouvoir. « Pucheu, *out.* » Il a dû quitter l'Intérieur. Celui-là ne manquait pourtant pas de zèle. En septembre 1941, sur son ordre, des otages communistes avaient été exécutés en représailles de l'attentat contre le Feldkommandant de Nantes. Ajoutons Bouthillier, limogé. Son ministre de tutelle a pourtant été l'un des architectes de la Révolution nationale. Mais Laval l'a toujours soupçonné d'avoir fomenté avec d'autres son éviction de décembre 1940.

Qui sera le prochain ?

Laval a remplacé Bouthillier par Pierre Cathala, un ancien parlementaire radical-socialiste. L'avocat de formation à la moustache bien taillée est dévoué corps et âme à Laval. Cathala croit aveuglément à ses propos comme une amoureuse applaudissant aux performances de son amant. Heureusement, pour faire contrepoids, les directeurs de la Rue de Rivoli ont réussi à imposer Jacques de Fouchier comme directeur de cabinet. Un gaulliste notoire. Fera-t-il long feu ? Le ministre a aussi la réputation de distribuer des paquets de cigarettes à son entourage. Laval et son secrétaire général reçoivent près de 150 paquets par mois. François les envie.

Bruit de pas décidés dans le couloir, coups secs à la porte, papiers froissés jetés à la poubelle. François fait mine de ranger ses dossiers. Son camarade à l'inspection des Finances Antoine Merlin entre sans plus attendre. Costume gris, chemise blanche, il conserve cet air déterminé qui est propre à sa nature.

François et Antoine se connaissent bien. Ils ont partagé des « tournées ». Deux années de missions de vérification des comptes publics à travers le territoire, avant le passage du deuxième concours d'inspecteur des Finances. Deux années qui avaient tout du parcours initiatique.

Ensemble, ils ont enduré les voyages éreintants en wagon ou en bus, les accueils circonspects des responsables des services de douane, des bureaux de poste et des crédits municipaux. Sans oublier les longues séances d'écriture dans les chambres d'hôtel chagrines. Pour chaque ville, un rapport dûment rédigé en cinq colonnes. Dreux, Châteauroux, Montauban, un vrai tour de France. Mais une fois leur labeur achevé, ils partaient à la recherche d'un bar convenable en ville. Et devant des doubles whiskys, jusqu'à une heure avancée, refaisaient le monde. Loin du diktat des cinq colonnes de leurs rapports. Parfois, ils quittaient les lieux en bonne compagnie. Le matin au réveil, malgré la fatigue, ils s'en retournaient gaiement à Paris avec le sentiment d'appartenir déjà au gratin du ministère des Finances. C'était certain, un brillant avenir leur tendait les bras.

François sait qu'Antoine se rend toutes les semaines avec Barnaud au Majestic, siège du commandement militaire allemand, avenue Kléber. La bataille qui s'y joue est toujours la même. Et elle est perdue d'avance. Les représentants du pouvoir français veulent freiner les ardeurs allemandes tandis que le Dr Elmar Michel, qui préside les réunions, les ramène aux textes d'accords qui ont été signés. Jamais explicitement menaçant, il aime faire durer les discussions, faire croire qu'il est un homme de compromis alors qu'il est intraitable. « Il nous épuise, s'emporte Antoine, indigné. C'est toujours pareil. Là-bas, on n'obtient que des miettes. Et le pire c'est qu'ils nous font signer chaque fois de nouveaux accords qui nous contraignent davantage. »

François ne participe pas directement à ces réunions mais il est l'homme qui alimente les tableaux de chiffres et les notes qui servent à défendre le « bout de gras ». Main-d'œuvre, armement, charbon, papier… Toutes les richesses de la France sont découpées en tranches, soupesées à la tonne près pour être ensuite livrées à l'Allemagne. Dix mille tonnes mensuelles de légumes secs par-ci, 100 000 tonnes mensuelles de blé par-là.

Entre Antoine et François, l'échange est toujours direct. Aujourd'hui il est empreint d'une certaine gravité. Pour Antoine, la situation n'est plus tenable. Hier soir encore, alors qu'il représentait Barnaud, attendu le soir même à Vichy, il lui fut impossible de faire entendre raison aux nazis sur les livraisons de bois et de charbon de bois. Pareil sur les prix du papier, fixés bien trop bas pour le secteur.

« Ils nous demandent l'impossible ! »

Et Antoine de repartir dans le détail des chiffres : les frais d'armistice qui sont passés à 380 millions par jour et creusent drastiquement le déficit financier, la stabilité de la masse monétaire qui n'est plus acquise, l'infernale montée des prix.

« Sans compter qu'on a toute l'opinion publique contre nous maintenant. Ce n'est plus tenable. Vraiment. »

Antoine semble las. Il confesse pourtant à son ami :

« Barnaud veut quitter la délégation générale aux relations économiques franco-allemandes pour retourner à la banque Worms. Et moi, je vais partir à l'Économie générale. La délégation générale aux relations franco-allemandes, c'est trop politique pour moi. Je serai plus libre là-bas. J'en ferai plus pour la France.

« Tu es sûr ?

— Oui, je crois. »

Après Bouthillier, Lehideux, Pucheu, Barnaud serait donc le quatrième homme de La Popote à se retirer, calcule François. Sa mise à l'écart sonnerait le glas des technocrates au pouvoir, de leur rêve d'administrer le pays selon un ordre nouveau et de la collaboration « constructive », comme le plaidait Barnaud. Leur épisode de gloire aura été bien éphémère.

Antoine parcourt le bureau d'un regard fiévreux, puis demande à François d'être son adjoint s'il dirige l'Économie générale. Le ton de sa voix est plus rond. L'inflexion presque flatteuse. Cela plaît à François. Il aime se sentir désiré. Avant de partir, il éteint la lampe de son bureau. Ce soir, il ne rejoindra pas son domicile du square du Rhône, dans le 17e arrondissement, où l'attendent Gabrielle et Jean-Philippe. Il veut se rendre directement chez Jeanne.

Une fois dehors, il relève le col de son imper. La soirée est anormalement fraîche pour un mois de juillet. À peine 16 degrés. De rares passants se pressent sur les trottoirs. François traverse la rue de Rivoli pour attraper un métro. Il a l'impression de ne frôler que des ombres tellement l'obscurité gagne. Au milieu de ce ballet nocturne, une colonne Morris éclairée, avec sa pointe dressée, s'élève vers le ciel. En lettres majuscules on peut lire ce message sans appel des autorités allemandes destiné à ceux qui voudraient s'opposer aux mesures prises par le gouvernement de Vichy :

« Tous les proches parents masculins en ligne ascendante ainsi que les beaux-frères et les cousins à partir de 18 ans seront fusillés. Toutes les femmes au même degré de parenté seront condamnées aux travaux forcés. Tous les enfants, jusqu'à 17 ans révolus, des hommes et des femmes frappés par ces mesures, seront remis à une maison d'éducation surveillée. »

4

UN SERVICE EN VERRES DE CRISTAL

Pourquoi François va-t-il accepter cette mission ? Par loyauté ? Par orgueil ? Par devoir ? Pour continuer à soutenir l'appareil administratif contre les exactions de l'occupant ? Afin d'assurer aux Français le meilleur approvisionnement possible en blé, en légumes secs et en pommes de terre ? Le rôle d'adjoint lui permet-il de s'abriter derrière un rôle purement technocratique ?

J'en doute. Le 16 juillet 1942, 13 000 Juifs ont été arrêtés, dont 4 000 enfants. C'est la rafle du Vél' d'Hiv. Il l'a su. Il l'a vu.

Ces questions m'obsèdent jour et nuit depuis que j'ai commencé mon enquête. Car maintenant je veux savoir qui il était vraiment et ce qu'il a fait.

Sur un bout de papier je dresse un tableau comptable des avantages, inconvénients, forces et faiblesses de sa position. Je repense aux schémas de circuits décisionnels qu'on m'avait enseignés étudiante et que j'avais alors trouvés inutiles et artificiels. J'espère y trouver une réponse éclairante. Elle ne viendra pas. C'est la nuit. Il me faut chercher ailleurs.

D'abord le hasard. Dans le grenier du vieil appartement familial, je retrouve des albums de photos planqués dans le tiroir en bois sombre d'une vieille armoire à glace. Ils reposaient sous un service de verres en cristal poussiéreux. À croire que mon grand-père m'invite à boire et à oublier.

Puis, l'avidité. Je veux m'emparer d'un coup de tous ces albums dont je n'ai pas eu connaissance durant des années. Officiellement aucune trace de son passé vichyste. Dossiers d'archives, lettres. Rien. Nada. Nichts. *On l'a fait disparaître. Comme un cadavre gênant que l'on fait brûler à l'abri des regards au bout d'un champ.*

Ensuite, la crainte d'être vue. Comme si je profanais un sanctuaire laissé dans l'oubli.

Enfin, la déception. Quand, réfugiée chez moi, à la nuit tombée, assise en tailleur sur le parquet du salon, j'ouvre les albums.

D'évidence, sur ces clichés, l'horloge s'est arrêtée avant 1939. Des images de jeunes gens en costumes sombres et de femmes coiffées de chapeaux blancs. Je reconnais François avec son visage carré, ses cheveux plaqués en arrière qui frisottent, sa manière de retenir sa cigarette à la commissure des lèvres. Il doit avoir entre 20 et 30 ans. Qui sont les gens qui posent avec lui ? Des camarades de l'inspection des Finances ? Des cousins ? Avec sa veste de costume longue et sa cravate nouée haut autour de son col club, il est très élégant. Un vrai dandy qui soigne son apparence et sûrement sa réputation. Parfois il arbore une canne, porte un feutre, se tient droit, très droit.

Je le découvre ici voguant en barque sur une eau claire, là à bord d'une voiture décapotable, sur une plage, à la montagne, posant sur un balcon en fer forgé d'un appartement parisien ou mis en gentleman-farmer arpentant la campagne bourguignonne. De ses yeux clairs, il fixe avec attention l'objectif, comme s'il voulait arrêter le regard de son observateur pour mieux le séduire.

Mais sous ces clichés qui commencent à s'altérer, aucune légende. Mon grand-père se mure dans le silence jusque dans ses souvenirs. Pas d'explications, de récits ou d'intrigues à faire revivre. Pas d'écriture manuscrite qui traduirait, sous les pleins et les déliés, la sensibilité de son caractère. Pas de noms de lieux. Pas de noms, tout court.

Mais si nous n'avons pas de nom, existons-nous encore ? J'observe malgré tout, fascinée, la légèreté de ces jeunes bourgeois dansant sur un volcan.

5

MARIAGE À SAINT-FRANÇOIS-DE-SALES

Juillet 1942

Au 4, square du Rhône, la lumière brille encore derrière les carreaux. Gabrielle s'affaire à la tâche. On lui a fourni la pelote de laine beige qui lui manquait pour finir le chandail de son fils. Une aubaine. Elle pensait devoir laisser en plan son projet. Jean-Philippe a grandi et elle a à peine de quoi le vêtir pour cet hiver.

Comme chaque vendredi soir, elle guette le bruit de la serrure qui annoncera le retour de François, son pas lent arpentant le corridor et le frêle baiser qu'il posera sur son front.

Gabrielle poursuit patiemment son ouvrage. Ses doigts effilés s'activent sur les aiguilles à tricoter. Malgré l'été, elle a mis un châle sur ses épaules et une couverture à carreaux sur ses genoux. Au-dessus de l'étagère remplie de livres, un crucifix est cloué au mur. Il lui arrive de lui confier sa colère et de lui rendre des prières. Elle range sous le tapis turc du salon sa mélancolie et sa frustration.

Soudain, dans l'embrasure de la porte, surgit la bouille de Jean-Philippe, engoncé dans son pyjama à carreaux. Il serre la peluche d'un lapin blanc contre lui. À presque 8 ans, il suce encore son pouce. Ses traits d'angelot lui donnent des airs de petite fille. Le lendemain, le garçonnet se lève tôt pour rejoindre sa classe de 7e au lycée Carnot et son instituteur, monsieur Salmon. Mais ce soir, il n'arrive pas à dormir, il a peur du noir. Une fois que Gabrielle l'a pris dans ses bras pour le rassurer, Jean-Philippe retourne se coucher. On laissera la lumière du couloir allumée, mais pas trop longtemps.

François doit encore être dans les bras de Jeanne, rumine Gabrielle. Cette demi-mondaine. Un frisson la traverse. Ses mains sont glacées. Elle abandonne son tricot et rejoint sa chambre. Elle se déshabille lentement et se pare de sa chemise de nuit blanche.

Devant le miroir de l'armoire de la chambre, elle s'arrête pour observer son reflet. C'est bel et bien celui d'une épouse trompée.

Gabrielle essaie de ravaler son offense. L'adultère fait partie des à-côtés du mariage bourgeois, une clause implicite du contrat. Les femmes doivent s'en accommoder. C'est un devoir, au même titre pour les mères que celui d'éduquer les enfants. Elle le sait mais n'arrive pas à s'en convaincre. Elle a mal.

Il est très tard maintenant, François ne rentre toujours pas. Gabrielle se glisse dans son lit, son corps s'agite, elle s'énerve. Comment peut-elle vivre une telle humiliation ? Éprouver dans sa chair la perte de sa dignité, cette chose dont on dit qu'elle vous reste même quand on vous a tout pris ?

*

Je possède le même corps fin et nerveux que ma grand-mère. La même ligne de hanches. Dans mon placard, j'ai suspendu une de ses robes de cocktail en crêpe de soie blanche. La taille est basse, le jupon plissé, le bustier sans manches. Elle me va parfaitement. À croire qu'elle a été taillée sur mesure pour moi.

Je revois Gabrielle à la fin des années 1970, dans son appartement baigné de soleil de l'avenue de Villiers dont les meubles anciens sentaient bon l'encaustique. Nous habitions l'étage au-dessus du sien. C'est du haut d'un petit tabouret en bois que je sonnais à sa porte. Avec les années, Gabrielle s'était tassée mais, derrière ses lunettes années 1950, son visage était resté lumineux et son sourire espiègle. Il tranchait avec l'air souvent triste de ma mère. Les cheveux gris de ma grand-mère étaient ramenés en un petit chignon bas. Je revois ses gilets tricotés en point de jersey, ses chemises blanches à petit col et ses jupes sombres qui lui arrivaient à mi-mollet.

De la guerre, Gabrielle avait conservé certains réflexes : ne rien jeter, préserver les choses pour qu'elles puissent servir à nouveau. Entre les feuilles de papier toilette roses, elle intercalait des pages de quotidien qu'elle avait consciencieusement découpées. Souvent, elle me laissait tricher au jeu des sept familles. « Joue et gagne, m'intimait-elle à mots couverts, et tant pis pour les règles, c'est plus drôle. Moi je n'ai pas pu le faire dans ma vie. »

Nous jouions sur une petite table ronde dont le plateau de marbre était serti d'un cadre métallique doré. Quarante ans plus tard, je courais les brocantes dans l'espoir de trouver exactement le même.

Après son divorce, Gabrielle ne s'est jamais remise avec un homme. Sa foi en Jésus a pris toute la place dans son cœur blessé. Une foi de charbonnier. Sans cesse, elle rendait grâce à Dieu. Entraînée dans ce sillage de dévotion, je fis ma première communion à 5 ans et on m'offrit un crucifix qui trôna longtemps sur le papier à carreaux de ma chambre.

Le soir de sa mort, en 1981, au lendemain de Noël, j'espérais qu'elle me rendrait visite. Je me pinçais dans mon lit d'enfant pour rester éveillée. Elle allait venir me déposer un baiser. J'avais tout juste 7 ans.

*

Les draps sont froids. Leur tissu rêche ne lui apporte aucun réconfort. Gabrielle a beau venir d'une de ces grandes familles qui ont fait fortune durant la révolution industrielle, ce soir elle se sent dépourvue de tout. Elle pense à ses autres hommes. Leur ambition ne les a pas empêchés d'être de bons pères de famille et d'aimer leur épouse. Il y a d'abord Pierre, son grand-père qui a fait la guerre de 1870 contre les boches et repoussé les communards avec des fusils à baïonnette. Une forte personnalité. Après avoir été simple commis au ministère de la Marine, il a fini chef du bureau de l'artillerie. Il achetait des mitrailleuses et des canons afin que la Marine française puisse repousser les Chinois dans le Tonkin puis les rebelles à Madagascar. Tout en écrivant des livres sur les rues de Paris, des récits de marins et quelques articles dans la *Revue des Deux Mondes*. Grâce à son ascension sociale, la famille avait pu s'établir rue de Prony, dans le 17e arrondissement, dans un hôtel particulier avec cuisinière et gouvernante. Sa grand-mère Anne avait tout de suite aimé l'espace et la lumière de la rive droite. Vient ensuite son père Louis. Un médecin, éminent spécialiste de la rate. Il porte beau la blouse blanche sous son manteau en gabardine. On disait de lui qu'il faisait des miracles. Avec sa mère Marie, il formait un couple heureux.

Dans son lit, elle se retourne en tous sens. Un goût amer dans la gorge. Elle essaie d'étendre ses bras le long de sa chemise de nuit. Il faudrait se calmer pour ne pas laisser grandir la violence qui monte en elle. Des images surgissent qui se reflètent sur une eau mouvante. Elle repense à ce bal organisé dans un hôtel particulier. À ce soir d'été qui n'en finissait pas. À la lumière du jour qui dansait sur les platanes. À la brise légère qui atténuait la chaleur et rafraîchissait les corps excités. Gabrielle avait à peine 20 ans, l'âge de tous les possibles.

Ce soir-là, elle avait enfilé une robe crème à franges surmontée de fines bretelles. Une coupe osée. Sur un air de charleston, un homme lui avait déclaré sa flamme. Il avait les cheveux bruns et bouclés, le front haut, un nez busqué. Ils avaient parlé de littérature. Elle l'avait trouvé drôle et spirituel. Il l'avait serrée contre lui sous le lustre en cristal. Le miroir doré de la vaste salle de réception avait renvoyé la parfaite image de leurs corps unis. Au milieu des autres couples qui s'abandonnaient à la frénésie de la danse, la jeune femme avait éprouvé un merveilleux sentiment de joie. Il était étudiant en médecine, polonais. Et juif. C'était au temps où la ségrégation sévissait en Europe centrale. En France, ce n'était pas mieux. Les étudiants de l'école de médecine manifestaient en brandissant des banderoles blanches « contre l'invasion des métèques ».

Mais Louis, son père, avait vite réfréné les sentiments naissants de sa fille pour ce jeune homme. Un dimanche après le repas dominical, on lui avait présenté François.

Le jeune homme au regard enjôleur était le fils d'Eugène, un des collègues de Louis à l'hôpital Lariboisière. François avait de la prestance, un regard bleu ciel et une manière bien à lui d'affirmer ses opinions, avec tact mais assurance. Tout le monde louait sa capacité de travail. Un bel avenir politique l'attendait. Du côté du grand-père Pierre, on voyait d'un bon œil cette union. Compter dans la famille un inspecteur des Finances, cela ne pouvait qu'enrichir la lignée et servir ses intérêts au ministère de la Marine. On l'aiderait à se placer.

Ce François a du mérite, lui disait-on. Et le mérite est une vertu. Issu d'un milieu modeste, il est né là-bas dans le 10e arrondissement, rue Louis-Blanc, une artère derrière les voies ferrées de la gare du Nord.

Ils se marieront. Elle lui apprendra à bien choisir ses costumes. Finis, les cols de veste trop larges et les chemises non amidonnées. Pour ses mains, une manucure. Elle lui apprendra ce qu'est le bon goût. Elle endossera le rôle d'épouse aux petits soins, le soutiendra « pour le meilleur comme pour le pire », comme l'a dit le prêtre à l'église.

Il la trompera.

Gabrielle rallume la lumière et part chercher un verre d'eau dans la cuisine. Dans le salon, où sont dressés un petit autel et deux cierges posés dans deux chandeliers en cuivre, elle se signe.

Au début ils se parlaient, il lui racontait l'enfant turbulent qu'il était, les jeux dans la rue au milieu des voitures à bras, les gamins mal peignés. Elle aimait leurs moments de confidences. Elle lui pardonnait ses poses de mauvais garçon.

Les bans de leur mariage furent publiés dans *Le Figaro* du 24 juin 1930, à côté d'un entrefilet sur le désordre parlementaire en Allemagne et une recension sur la mode au Salon des artistes français. *Oui, ce jour fut beau*, pense-t-elle. Et comme il est loin. Les grandes familles du 17e arrondissement de Paris s'étaient pressées sur les bancs de l'église Saint-François-de-Sales. On voulait faire honneur à ce couple qui venait de rejoindre leur monde. Un sénateur et un vicomte étaient leurs témoins. Des bouquets de lis blancs agrémentaient l'autel. Du linge fut brodé aux initiales des deux familles. Sur des couverts en argent, les initiales de leurs prénoms entrelacées.

Gabrielle s'arrête sur la photo de leur mariage qui trône sur le buffet du salon. Avec sa fleur blanche accrochée au pan de sa veste, son mari en impose. Il la regarde avec déférence. Elle est assise, avec sa petite coiffe, sa traîne interminable en tulle et son bouquet touffu d'iris blancs sur les genoux. Sa longue robe porte la signature d'un grand couturier. François a 30 ans. Elle, à peine 22. Fleur bleue et romantique.

Au moment des consentements, le visage rayonnant, Gabrielle avait lancé un « oui » franc. François avait marqué une hésitation avant de souscrire aux liens du mariage. Une moue d'enfant contrarié.

*

L'histoire de mes grands-parents et par ricochet celle de ma famille est-elle contenue dans ce moment d'hésitation ? Ce rictus était-il léger, furtif ou appuyé ? Comment ma grand-mère a-t-elle accueilli cette mimique ? L'a-t-elle vraiment remarquée ? Normalement les lèvres, ouvertes, expriment le désir. Pincées, elles disent autre chose. Une circonspection, un doute, peut-être une forme de mécontentement, de scepticisme, d'ennui ou de dédain.

*

Gabrielle retourne se coucher. Ses yeux ouverts fixent le plafond dans le noir. Malgré elle, elle guette un bruit de la porte qui annoncerait le retour de François.

Dès leur nuit de noces à l'hôtel Lutetia, ce qui aurait dû être un moment de rêve avait tourné au cauchemar. François avait fait comprendre qu'il ne se consumait pas d'amour pour elle. Elle comprit quelle était son ambition : par ce mariage il s'ouvrait des réseaux, accédait à la fortune. Il confessa qu'il avait même des dettes à éponger. Mais qu'elle se rassure, tout irait bien entre eux.

Ce soir-là, Gabrielle avait pleuré en silence. Dans le fauteuil tapissé de la suite fleurie du Lutetia, elle s'était recroquevillée. Personne ne lui avait appris ce qu'était l'humiliation. Ce sentiment, elle le ressent maintenant dès que François ne rentre pas. Elle croyait s'être habituée. Mais non, ça ne passe pas.

Puis, Jean-Philippe est né. En bonne épouse, elle élève son fils avec soin et amour. Mais elle ne peut s'empêcher de respirer le parfum capiteux qui imprègne le col des chemises de son mari. Elle remarque son air pensif quand il fume sa cigarette du soir. Lorsqu'il ferme la porte du salon, il écrit des mots doux à une autre, elle le sait, mais elle continue de l'aimer et de l'attendre.

6
25, AVENUE DE VILLIERS
Septembre 1942

L'humidité de l'air de ce début d'automne annonce un hiver glacial. Les relations avec l'Allemagne se sont durcies. L'occupant ne demande plus 250 000 travailleurs français mais 600 000 désormais. Malgré ses efforts, Laval n'a réussi qu'à faire partir 37 000 personnes. Dans le pays, le climat est délétère. On arrête certaines personnes au débotté, apprend François au bureau de la bouche de certains collègues inquiets. Dès l'âge de 6 ans, les enfants juifs doivent porter l'étoile jaune.

Comme chaque vendredi soir, il tient à passer devant les grilles du parc Monceau. Ce détour qui est devenu une habitude le rassure. Des arbustes et des plantes exhalent dans l'air leurs senteurs d'automne. Elles estompent un temps la peine de ses harassantes journées de travail, elles lui rappellent ses racines campagnardes, son enfance passée à l'air libre, dans les sous-bois touffus et sur la terre meuble.

Il fait déjà noir. Le mordoré des feuilles des arbres s'estompe à sa vue. Quelques silhouettes glissent sur les trottoirs. Parfois des phares déchirent l'obscurité. Emmitouflé dans son pardessus, il remonte son col. Il presse le pas jusqu'au numéro 25 de l'avenue de Villiers.

Jeanne Seban-Ribes vit dans cette propriété cossue. Avec ses moulures et ses corniches, l'immeuble en impose par son majestueux balcon en pierre qui court tout le long du troisième étage, lequel est supporté par deux statuaires inspirées du modèle antique représentant dans toute leur force et leur beauté un homme et une femme.

*

C'est par un même soir d'automne que je me poste devant l'immeuble. Ici, rien n'a changé. Enfant, je vivais tout près. L'avenue de Villiers est un grand axe de circulation. Une ligne droite imposant une forme d'ordre intangible censé dissuader tout débordement populaire, comme l'a voulu le baron Haussmann. Tout dans le quartier respire l'assise de la bourgeoisie qui estime avoir réussi, tout respire aussi l'ennui.

*

En montant les étages de l'escalier en fer forgé, François pressent le parfum des draps blancs soyeux, la chaleur de la peau laiteuse de Jeanne, sa grâce animale. Toute la journée, il l'a espérée.

Arrivé sur le palier, il glisse la clé dans la porte. Il aime le son de ce cliquetis net. L'entrée est remplie de bibelots et de livres rangés sur des étagères. Il s'arrête pour saisir un volume de Proust joliment relié. Il partage avec Jeanne une passion pour l'écrivain juif qui décrit avec tant de grâce et de mordant la vie de riches héritiers parcourant les fêtes mondaines. Jeanne cultive un lien particulier avec l'auteur d'*À la recherche du temps perdu*. Son père, Paul Seban-Ribes, un agent de change fortuné, invitait l'écrivain lors de soirées qu'il organisait du temps où il était marié à l'une des filles Desmarais, une famille à la tête d'une des plus grandes sociétés pétrolières françaises. Les réceptions avaient lieu dans son ancien manoir de Bénerville, en Normandie. Une immense bâtisse à colombages, dotée d'un parc somptueux de trois hectares donnant sur la baie et ses eaux bleues. De Cabourg, Marcel Proust louait une voiture et y retrouvait sans doute Gaston Calmette, le patron du *Figaro*, et ses amis, les Montesquiou, les Clermont-Tonnerre, qui, eux, venaient en voisins. Tout un monde disparu.

François repose le volume et avance vers le salon. La pendulette qu'il a offerte à Jeanne il y a quelques semaines a trouvé place sur une commode Louis XVI. Il sourit d'un air satisfait. Il appelle son amante une fois, puis deux. Sans réponse, une pointe d'angoisse le saisit.

Elle n'est pas là.

Dans le salon, où il vient de pénétrer, il saisit un carafon de rhum posé sur la table et se sert une rasade. La chaleur de l'alcool dissipe son malaise.

Ne tenant pas en place, François soulève le rideau de velours bleu de la fenêtre. Une voiture vient de s'arrêter sur le boulevard quasi désert. Il voit Jeanne s'extraire du véhicule. Il reconnaît ses jambes élancées et son port altier. Son sourire de femme libre.

D'où vient-elle ? Qui la conduit jusqu'à son domicile ?

De la portière, François distingue un gant qui adresse à Jeanne un signe. La morsure de la jalousie s'empare de lui. Il repose dans un mouvement de colère son verre sur une console en marbre.

*

François a la réputation d'être un homme à femmes qui s'accommode volontiers de la morale catholique. La morale, il la contorsionne et la tord dans tous les sens jusqu'à ce que l'esprit de jouissance y trouve toute sa place. Le bleu de ses yeux qui se délaie dans la couleur mate de sa peau fait tourner la tête des femmes.

Sur les photos récupérées dans mon grenier familial, nombreux sont les visages féminins qui apparaissent dans ses parties de campagne ou en villégiature. Certaines posent lascives sur l'herbe, d'autres se prélassent, les cheveux lâchés et les yeux mi-clos sur des chaises longues au milieu d'un jardin, d'autres rêvent à la fin de repas sur des chaises cannées, dans des appartements bourgeois. François reçoit des cartes postales. Toujours des mots d'amour.

Comment Jeanne a-t-elle réussi à supplanter toutes les autres ? Avec elle, François connaît-il enfin l'amour ? Celui qui vous oblige ? Qui vous rend accroché et transi ?

Devant la porte cochère du 25 de l'avenue de Villiers, j'imagine entre François et Jeanne une relation passionnelle. De celles où les dépendances affectives s'emboîtent, où chacun joue chaque jour sa vie, où tout est à la fois gai et tragique. Une relation réactivée par la force du sentiment, sans contrat, au jour le jour.

Je pense alors à l'homme plutôt large d'épaules qui occupe mon esprit et mes sens depuis quelques mois. Comme Jeanne, il est au confluent de deux mondes, de deux cultures. Comme Jeanne, il a un pied dans le théâtre. À croire que les mêmes schémas se répètent. Des fils ténus seraient-ils tendus entre les générations ?

*

Un pas léger se fait entendre dans le vestibule. La poignée de la porte du salon s'active. Jeanne a relevé ses cheveux de jais en chignon comme François aime. Voir sa nuque découverte l'émoustille toujours. Son cou a une facilité dans la grâce. Elle porte une robe noire qui met en valeur sa taille, sur laquelle les mains de François aiment s'affoler.

Sans lui dire bonsoir, Jeanne se dirige vers la boîte à cigarettes posée en évidence sur la commode pour en saisir une. D'un ton provocateur, elle lui demande du feu. Et inhale une longue bouffée en étendant deux doigts effilés devant son beau visage.

François l'interroge avec brutalité. Il veut savoir où elle était. Avec qui ? Jeanne se ferme. Il change de ton, reprend avec plus de douceur. Il se lève et vient déposer un baiser sur ses lèvres. Il remarque qu'elle a les yeux cernés. Son haleine exhale l'alcool. Elle a passé la soirée avec son ami Edgar, dit-elle.

Ce prénom. Son corps se raidit comme s'il voulait échapper à une morsure. Cet Edgar, un rival ? Un metteur en scène qui vient du même monde que Jeanne. François déteste les moments où Jeanne répète. Les soirs où elle joue au théâtre, même s'ils sont moins nombreux maintenant, il a le sentiment de la perdre, qu'un autre entre dans son intimité. Qu'on la ravit à son désir. Elle a beau lui rappeler toujours que ce métier est un jeu. Entre une actrice et un metteur en scène, c'est une question de projection, affirme-t-elle. « C'est un désir pour de faux, tu comprends ? » Il déteste quand elle parle comme ça.

François l'attire dans la chambre. Il reconnaît le couvre-lit beige, les rideaux rouges, les bijoux posés sur la table de nuit de bois clair, le tableau accroché au mur représentant la plage de Cabourg. Il aime ce lieu, son âme sécurisante. Il y dépose ses armes et ses angoisses. Il ne compte plus, il donne.

La jeune femme fait mine d'opposer un mouvement de résistance, puis se laisse prendre par la taille. Elle lui renvoie un sourire aguicheur tandis qu'elle déboutonne son col. Il l'entraîne sur le lit et l'embrasse. En un instant, le désir les réunifie. Leurs corps retrouvent leur partition harmonieuse, leurs mains jouent la même symphonie. Ils oublient la peur de la guerre. Peau contre peau, bouche contre bouche, ils ne font plus qu'un.

Le son cristallin de la pendule rompt leurs ébats. Il est 22 heures. François doit rentrer, même si avec sa carte du ministère, il peut braver sans encombre le couvre-feu. Il tente d'attraper son pantalon plié sur le dossier de la chaise paillée. Jeanne s'accroche à son bras. Ses cheveux noirs tombent en cascade sur ses reins. À genoux sur le grand lit, elle lui fait face, exhibant avec provocation ses seins pleinement formés.

« Reste, je t'en prie.

— Je dois rentrer.

— Non, reste. »

Il est habitué à ses sautes d'humeur. Pas une journée qui ne se termine sans une sorte de drame. Au cœur de la nuit, ses démons intérieurs finissent toujours par ressurgir. Depuis qu'elle a perdu un nourrisson fruit d'une précédente union, Jeanne est stérile. Mais au fond d'elle, elle continue de se croire féconde. Elle a besoin d'être aimée.

Mais ce soir, c'est autre chose. Jeanne a peur. Elle ne se sent plus en sécurité. Sa mère est catholique mais son père est juif. Malgré ses relations, tout peut arriver. Depuis la loi du 2 juin 1941 sur le « second statut des Juifs », les rafles se succèdent. Elle doit prouver sa parfaite obédience catholique devant les autorités.

« Il en va de ma survie maintenant. »

Maîtresse dans l'art du chantage affectif, elle laisse entendre à François que s'il ne trouve pas une solution, un autre homme s'occupera d'elle. Elle a dit « un autre homme ». Nouvelle morsure.

Il est minuit passé quand François quitte l'appartement de Jeanne. Il tire nerveusement une cigarette de son paquet. Malgré le froid, ses mains transpirent. Son esprit est assailli d'images violentes : voluptés, angoisses, éblouissements, ténèbres. Dehors, la lune diffuse une lumière blafarde. Cette nuit, autour de François, tout est noir et gris.

7

JEANNE AU MIROIR

Septembre 1942

Debout devant le miroir de son armoire, un livret à la main, le dos cambré, Jeanne essaie de se concentrer, d'oublier sa dernière nuit avec François, la menace qu'elle a proférée, la peur qui l'assaille.

Ceinte dans un peignoir en soie grenat, elle reprend sa scène de théâtre. Elle hésite au début, puis les mots viennent; elle change d'intonation, comme un musicien d'octave, module sa voix, s'arrête, recommence en appuyant sur les consonnes.

Depuis la fin de l'exode, Paris est redevenu un épicentre culturel. La capitale de l'art. On s'est remis à créer, à imaginer et à s'émouvoir. Les arrestations et les déportations n'empêchent pas les producteurs de cinéma de financer des films, les comédiens de jouer sur scène. On veut rire, oublier et continuer de vivre. Au diable ceux qui souffrent ou disparaissent ! Dans les salles bondées, les officiers nazis prennent place à côté des Parisiens sur les fauteuils en velours rouge. Parfois les contacts se font plus étroits.

La veille, au restaurant, Edgar lui a fait miroiter qu'elle pourrait jouer dans sa nouvelle pièce programmée pour cet hiver. Un rôle enfin à sa mesure qui pourrait la remettre en selle. Son nom serait en haut de l'affiche. Elle aime tant l'odeur boisée des coulisses, la poudre rosée du maquillage que des petites mains apposent sur sa peau fine avant d'entrer en scène, les lumières qui l'éblouissent, les regards qui aspirent à la posséder. Tout ce monde d'apparences qui occulte la réalité.

Jeanne doit ses débuts d'actrice à Basile Haleplis, un Grec né à Constantinople et naturalisé français. Mais Haleplis est resté aux yeux du monde un « métèque » qui a fui la guerre gréco-turque. Comédien brillant intégré à la troupe de l'Odéon dirigée par Firmin Gémier, le père du Théâtre national populaire, Basile a appris à Jeanne à exprimer ses émotions. Avec ses yeux noirs brûlants, sa silhouette gracile, son port de tête altier, elle affiche dès son entrée en scène la majesté d'une reine. Au milieu des années 1920, Jeanne et Basile ont précipité leur mariage. La jeune épouse de 23 ans attendait un bébé. Il meurt quelques mois après sa naissance. Cette tragédie enracinée dans le réel a été fatale pour le couple. Basile et Jeanne ont divorcé. Pour Jeanne, c'est comme si tout cela avait eu lieu dans une autre vie.

*

Dans les familles, il existe toujours une figure par qui le scandale arrive. C'est elle qui provoque des drames et bouscule tout sur son passage. Sur elle reposent la faute et le mal. On s'acharne sur cette personne devenue bouc émissaire. Jeanne en possède le profil parfait : trahison, manipulation, cupidité, concupiscence, elle concentre tous les maux que conspuent les bonnes familles catholiques.

Je garde un souvenir très vague de la « diabolique » dont mon grand-père s'est épris. Seule demeure en moi l'image d'une personne sans âge avec un regard charbon, une silhouette sèche et des vêtements sombres et stricts.

Mais quelques rares photos d'elle dévoilent une autre image, celle d'une jeune femme aguicheuse en robe fourreau noir et vison blanc. Jeanne irradie dans l'espace, puissante, séductrice et ensorceleuse. À rebours de bien des femmes qui, à force de devoir et de renoncement, ont rejoint le cortège des âmes grises.

*

Trop difficile. Jeanne jette son livret à terre et lève les yeux au ciel. Elle n'y arrivera jamais. Elle se dit qu'il est temps de changer de voie et de prendre la blouse d'infirmière comme ses amis le lui suggèrent. Elle en a les capacités. Elle conserverait sa liberté qu'elle chérit plus que tout. En tant que demi-Juive maintenant, sur scène, elle est trop exposée.

Elle aspire compulsivement quelques bouffées de cigarette. Elle enrage de ne pas avoir la fluidité d'interprétation et l'art déclamatoire de son amie Marie Bell. Avec sa voix grave, son front haut et son nez aquilin, elle est toujours parfaite, en tragédienne chez Racine, en Roxane dans *Cyrano*, cette pensionnaire de la Comédie-Française sait tout jouer. Duvivier et Abel Gance l'ont fait tourner au cinéma.

Il se murmure que Marie Bell ferait partie des « honorables correspondantes ». Qu'elle rapporterait aux services de renseignement clandestins des informations collectées lors de cocktails mondains ou de soirées à l'ambassade d'Allemagne. Jeanne qui la fréquente de près ne l'a jamais prise en défaut.

Il lui revient que c'est un dimanche matin, au milieu des années 1930, dans l'atelier de Gen Paul, juste en face du Moulin de la Galette, qu'elle a fait la connaissance de Marie Bell. Elle venait de divorcer de Basile. Qui l'avait emmenée ce jour-là près de la coupole blanche de l'église du Sacré-Cœur? Qui l'avait conduite à travers une courette jusqu'à la petite bâtisse aux murs blancs du peintre? Elle ne s'en souvient plus. Mais tout de suite, dans l'atelier exigu de Gen Paul, Jeanne s'était sentie à l'aise. Elle y était revenue. Elle avait croisé des acteurs du Français comme Georges Dorival, Madeleine Renaud, Renée Faure, Berthe Bovy ou Fernand Ledoux mais aussi l'énigmatique Robert Le Vigan, figure du grand écran ou l'écrivain Marcel Aymé. Et même le médecin Destouches, plus connu sous son nom de plume de Louis-Ferdinand Céline.

La joyeuse bande débordait parfois chez Pomme, rue Lepic. Le vin n'y était pas cher, la musique de l'orchestre, festive; et la chaleur des plats rustiques suffisante pour faire oublier la dureté de l'hiver.

C'est au milieu de l'atelier encombré d'un chevalet maculé d'éclaboussures et d'un fatras de vêtements sales que Jeanne rencontra Marie. La forte odeur de peinture vous sautait à la gorge. Marie devait s'en prémunir, elle jouait Hermione dans quelques jours, expliqua-t-elle à Jeanne.

Elle observa avec admiration le regard extatique de Marie, la grâce de ses moindres gestes, jusqu'à cette façon délicate de tenir en main un verre poussiéreux, son aura irrépressible. Les deux femmes se lièrent vite d'amitié.

Auprès de Marie Bell, Jeanne découvrit, rue Girardon, le petit appartement crasseux de Céline, le tendre ami de Marie. Il y eut entre elles bien des secrets partagés et des soirées de fête dans le quartier de Pigalle, où l'on ne sommeille jamais, où il faut attraper le plaisir là où il se niche.

Un soir, elles atterrirent dans un petit bar de Pigalle tout à côté du cabaret où Joséphine Baker, en robe fluide et bijoux étincelants, aimantait les foules. Ce soir-là, Jeanne portait un boa blanc autour du cou qui détonnait avec le décor misérable de l'estaminet.

Au milieu des fauteuils au cuir fendillé, un homme élégant vint à elle. Il fixa son attention sur ses yeux avant d'engager la conversation. Il avait l'air à la fois déterminé et perdu. Il se présenta : Albert, médecin à l'hôpital de Neuilly. C'était une position. D'emblée il annonça être divorcé. Albert plongeait dans le travail le jour et se noyait dans les fêtes la nuit. Il aimait le monde interlope de Montmartre où l'on croise des peintres avant-gardistes fauchés et des musiciens de jazz camés, des prostituées mal fardées et des fils de bourgeois en mal de sensations fortes. Avec eux, il buvait du whisky de contrebande.

Instinctivement, Jeanne pensa que cet homme pourrait la protéger. Il provenait d'une bonne famille et était vraisemblablement plus fortuné qu'il ne voulait bien le dire. Ses idées étaient dans l'air du temps. Adhérent de l'Action française, il se plaignait de la déliquescence du pouvoir. Après la manifestation du 6 février 1934, Albert s'était offusqué qu'on ne soignât pas assez bien les insurgés blessés.

Les choses allèrent vite entre eux. Après avoir convolé dans les Alpes, où elle eut la douce sensation d'être à l'écart du fracas du monde et comblée par les attentions d'Albert, sauvée en quelque sorte, elle se maria en 1937. Tout semblait encore tenir, malgré l'incendie du Reichstag, la guerre en Espagne, la dégringolade du franc et les espoirs du Front populaire qui commençaient à s'amenuiser.

Pourquoi fallut-il qu'elle rencontrât François ? Ces choses-là arrivent toujours lorsqu'on ne s'y attend pas. Et qu'on ne s'attend même pas à les désirer.

Ce fut lors d'un repas tout ce qu'il y a de plus banal et avant même leur mariage qu'Albert convia Gabrielle, sa sœur, et son mari, François, à un déjeuner à la brasserie Wepler, place de Clichy.

Jeanne revoit la jupe plissée noire Lanvin de Gabrielle et son joli collier de perles blanc. Son statut d'épouse comblée qu'elle avait jalousé. Elle se remémore la discussion. On avait parlé de l'entrée du petit Jean-Philippe à l'école, de la disparition de l'aviateur Jean Mermoz et des « frasques » de Léon Blum, ce socialiste aux mœurs trop libérales, ce Juif.

Mais c'est surtout la présence de François qu'elle ressent encore. Son calme olympien qui tranchait avec le caractère agité d'Albert. Son regard tendu sur elle comme l'annonce d'une étreinte à venir. Elle perçut immédiatement leur lien. Ce serait une entente secrète qui lui volerait des jours et des nuits.

Qu'il soit le beau-frère de son époux ne l'arrêta pas. Au diable la morale ! Elle avait été à bonne école, avec son père. Chez les Seban-Ribes, on s'affranchissait des modèles rigides en matière de mœurs. On se montrait inventif, on transgressait dans la joie et la bonne humeur, on ne s'embarrassait pas des convenances. Son père, un Juif d'origine espagnole au physique taillé dans le muscle, s'était fait un nom dans le milieu de la Bourse d'une manière bien à lui, chaotique et sans vergogne. Un mélange d'opportunisme et de prédation. Chaque nouvelle conquête féminine avait marqué d'un pas supplémentaire son ascension.

Elle en a longtemps voulu à son père, qui ne l'a reconnue qu'à ses 21 ans. Longtemps elle a souffert de ce père absent. Aujourd'hui, elle sait qu'elle est faite du même bois que lui.

Le son de la pendulette posée sur la cheminée résonne. Jeanne sort de ses pensées. Vite. Il faut s'habiller, se coiffer, se faire belle. Choisir une robe, un bijou discret mais étincelant, ombrer ses paupières, appliquer quelques gouttes de parfum dans sa nuque. Son père l'invite à déjeuner dans un restaurant près du boulevard Haussmann, où il a son bureau. Elle y mangera bien.

8

« MON CHER AMI FRANÇOIS »

Septembre 1942

« Tu quittes ta femme ou je te quitte. » La phrase tourmente François. Impossible à dissiper. On toque à la porte de son bureau. Comme tous les matins, sa secrétaire vient lui déposer son courrier, classé dans une chemise jaune pâle.

Des lettres de chef d'entreprise, des notes du secrétariat général, de son ministre, Pierre Cathala. Une enveloppe bleu ciel aussi qui lui est personnellement adressée. Il extrait des feuillets grisâtres tapés à la machine :

Paris, le 6 novembre 1942,

Mon cher ami François, Voici déjà longtemps que revenu à Paris avec les enfants G., ils s'en sont retournés vers une destination inconnue, alors qu'après notre entrevue commune avec le général Kaltenbrunner il avait été entendu qu'ils seraient remis à leur famille. [...]

Devant le spectacle du triste destin de quatre petits enfants s'échelonnant de 2 à 7 ans, suivant dans l'exil le cercueil de leur mère, je n'ai pu mon cher ami, me défendre de l'émotion de ceux qui, comprenant les malheurs de la guerre saisissent ceux de l'humanité tout entière. Cette émotion j'ai voulu vous l'exprimer en venant vous rendre visite. Si des milliers d'enfants éprouvent par les circonstances présentes d'aussi grands malheurs, il n'en est pas moins vrai que par leur situation, ceux-ci symbolisent la plus pénible, bien que je sois persuadé qu'ils soient parfaitement traités.

Cependant par un geste généreux, le gouvernement allemand voulait symboliser l'adoucissement de circonstances que déplorent tous les hommes sensés.

Amicalement,

X

François ne peut retenir un haut-le-cœur. Il range la missive dans une pochette kraft qu'il glisse dans le tiroir gauche de son bureau. Elle rejoint d'autres courriers qui demandent son appui, voire son intervention. Il se souvient de l'effroi qui l'avait parcouru après avoir lu une lettre de son ami Jean David. Elle avait nourri son tumulte intérieur. Malgré les risques, il avait essayé d'intervenir.

Cette lettre, rédigée au crayon sur du très fin papier semblable à du papier toilette, disait :

Mon cher ami,

Je t'écris de la cellule 73 de la prison de Bayonne. Il y a quinze jours, ma femme et moi avons été arrêtés et incarcérés. Elle à Biarritz, moi ici. Sur l'honneur je t'affirme que ni elle ni moi n'avons rien à nous reprocher. Le seul interrogatoire que j'ai subi a eu trait exclusivement au parti communiste. Or voici trois ans que j'ai rompu toute relation et toute attache avec mon ancien parti. Je fais appel à toi et à notre amitié.

Pour des faits de Résistance, un nom à consonance juive, une proximité avec le parti communiste, les cas d'arrestations de proches se multiplient. Même les Français qui entretiennent de bonnes relations avec les Allemands ne sont pas exempts de tracasseries.

Jusqu'ici, il a renouvelé son engagement auprès du gouvernement et assumé sa place. Il est au service de la France et du maréchal Pétain. Pour le bien de la nation, pour le maintien de la production et de l'emploi. Pour que la collectivité ne parte pas à la dérive. Son souci premier – avoir le sens de l'État, comme il dit – est de peser sur le cours des choses au lieu de le subir. L'affaissement des institutions républicaines depuis le vote du Parlement le 10 juillet 1940 au profit d'un État autoritaire ne le dérange pas. Le parlementarisme, c'est trop de palabres, trop de perte de temps. Lui privilégie l'ordre et l'efficacité. Il faut que la machine de l'État tourne si l'on veut avancer. Question de bon sens et de logique.

En bon catholique conservateur, il a accueilli sans protestation les lois antijuives. Quelque part reste ancrée en lui l'idée que ce sont les Juifs qui ont tué Jésus. Depuis octobre 1940 est interdit à « toute personne issue de trois grands-parents de race juive ou de deux grands-parents de la même race, si son conjoint lui-même est juif » l'accès à de nombreuses professions dont la fonction publique, l'administration, la finance et la banque. Seuls « ceux qui ont rendu des services exceptionnels à l'État français » peuvent prétendre essayer d'échapper à cette loi. Toute la magnanimité de l'État se niche dans cette exception.

Quelques-uns de ses collègues ont été directement touchés par ces textes. Jacques Rueff a dû démissionner du poste de sous-gouverneur de la Banque de France. La nouvelle a surpris car le maréchal Pétain est le parrain de la fille de Rueff. Par décret il a pu néanmoins rejoindre l'inspection des Finances. Il est une exception.

Six mois plus tard, une loi encore plus restrictive est venue redéfinir le statut des Juifs. Elle prévoit que les personnes issues de « deux grands-parents de race juive » sont considérées comme juives. Pour échapper à ce statut, elles doivent attester ne pas être mariées à une personne juive et prouver leur adhésion à « une autre confession reconnue par l'État ».

Ces lois, on les doit à Xavier Vallat, parlementaire d'extrême droite qui envisage à partir de l'hiver 1941 un troisième statut. Est considéré comme juive toute personne ayant ne serait-ce qu'un seul grand-parent juif. François s'est tenu informé de près de cette loi. Jeanne n'avait pas tort quand elle se disait en danger. Mais pour l'instant ce texte n'est pas passé. Le maréchal Pétain n'approuve pas Vallat. Et l'amiral Darlan, le vice-président du Conseil, ne veut pas qu'on « embête les vieux Juifs français » qui ont servi la France en 1914-1918.

Mais sait-on jamais comment les choses peuvent évoluer, pense François. Il sent que désormais tout est possible.

*

Et pour les camps ? François ne peut pas ne pas savoir. S.A.V.O.I.R. Dans ma tête, les lettres s'allument, clignotent. Au ministère de l'Économie et des Finances, des informations circulent. Dans ses Mémoires, *Jacques de Fouchier, le directeur de cabinet du ministre Pierre Cathala, raconte comment ses contacts diplomatiques l'avaient averti des atrocités commises par les Allemands. Les Américains ont recueilli des témoignages sur le calvaire du ghetto de Varsovie, des exécutions sommaires à l'arrière du front russe et les camps d'extermination. Les Juifs sont les victimes prioritaires.*

Des ecclésiastiques commencent à élever la voix. L'archevêque de Toulouse, Jules Saliège, a fustigé le gouvernement de Vichy en août 1942. Même le cardinal Gerlier, archevêque de Lyon, le représentant ecclésiastique de la zone libre, renchérit : « L'exécution des mesures de déportation qui se poursuivent actuellement contre les Juifs donne lieu sur tout le territoire à des scènes si douloureuses que nous avons l'impérieux et pénible devoir d'élever la protestation de notre conscience. »

Mais ces hommes ont-ils été entendus ? François a-t-il su ? Comment SAVOIR ?

*

À peine sa cigarette consumée, François en saisit une nouvelle. Quand trop de questions l'assaillent, il se raisonne. Il n'est qu'un simple fonctionnaire qui tente de maintenir l'économie de son pays à flot. Ce sont les Allemands qui auront à répondre de leurs crimes. Et ces drames ne sont-ils pas inévitables en temps de guerre ?

Son sens pratique reprend le dessus. Comment protéger Jeanne ? Doit-il l'envoyer en lieu sûr ? Pourra-t-il supporter la vie sans elle ? Mettre entre parenthèses leurs nuits enflammées et leurs errances dans Paris lui serait intolérable. « Il faut être deux pour comprendre un ciel bleu, nommer une aurore », lui avait-il susurré à l'oreille lors d'une promenade aux Tuileries.

Il n'oubliera jamais le sourire lumineux qu'elle lui avait renvoyé ce jour-là.

Il pourrait demander une faveur à Pierre Cathala. On sait qu'il a sauvé des fonctionnaires d'une arrestation. Il pourrait signer un *Ausweiss* pour la zone libre. Elle partirait. Ou bien s'adresser au contrôleur général René Carmille. Ce dernier pilote à Lyon le Service national des statistiques, qui est sous les ordres de la direction de l'Économie générale. Après la défaite, il a envisagé de partir pour Londres. François sait que Carmille est bien introduit dans les réseaux de la Résistance. Mais il se ravise. C'est aller trop loin. Et puis, il n'est pas assez proche de ce militaire de formation. S'épancher auprès de lui pourrait même être dangereux.

Nouvelle cigarette. Nouvelle toux. Grasse. Trop grasse.

François se lève pour regarder à travers le carreau de sa fenêtre. Le ciel est bas. De rares passants qui pressent le pas ont sorti en prévision de la pluie leur parapluie. Au ministère, entre collègues, on traque les passants qui arborent un chamberlain. C'est devenu un jeu. On sait que l'objet reconnaissable à son manche recourbé est un signe de ralliement des partisans du général de Gaulle.

François revient à ses dossiers. Il tourne les pages d'une note rédigée par un de ses contrôleurs, sans conviction.

Quelle pourrait être la meilleure solution ? Le plus simple serait encore de devenir directeur adjoint de l'Économie, comme le lui enjoint son chef, Antoine.

Ainsi il pourrait étendre son influence et être en position d'obtenir des faveurs. Mais c'est alors prendre le risque d'être encore plus sous le regard des autorités allemandes.

Il est l'heure d'aller déjeuner. De prendre un peu de bon temps. De boire un verre de gevrey-chambertin, en bonne compagnie à La Popote. François se ravise. Il préfère prendre de la hauteur, s'en remettre à Dieu et expier ses péchés. Il aime pénétrer dans la basilique du Sacré-Cœur, s'asseoir et prier, se recueillir et contempler le chœur et son imposante mosaïque représentant le Christ en gloire. Une façon pour lui de toucher la grâce.

À son retour Rue de Rivoli, détendu et sûr de lui, François n'hésite plus. Il pousse la porte du bureau de son patron et, après quelques formules de politesse, va droit au but. OUI, il accepte de devenir son directeur adjoint. Et Antoine de le féliciter :

« Toi et moi nous ferons du bon travail. »

Il ressort du bureau confiant. *Jeanne va se sentir rassurée*, pense-t-il. Je vais pouvoir mieux la protéger. Elle ne me quittera pas.

Par décret, François est nommé le 12 octobre 1942 directeur adjoint de la direction de l'Économie générale.

9
CHOISIR POUR SURVIVRE

« Il aura au moins sauvé une Juive. » Cette phrase, je l'ai souvent entendue dans mon entourage. Prononcée souvent sur le ton du dépit et de la rancœur, elle concentre toutes les activités de François sous l'Occupation.

Pas la peine d'expliciter le reste, de détailler ses activités de directeur de l'Économie générale. Cela ne sert à rien. Et on peut au moins se rassurer, être en paix avec sa conscience. François a été haut fonctionnaire sous Vichy, mais il aurait fait au moins une bonne action. En protégeant Jeanne, il peut éventuellement être pardonné, excusé, absous. Ses péchés sont effacés. Sa compromission avec le régime de Pétain, l'abandon de mon père, l'humiliation de ma grand-mère. Comme si une vie préservée équivalait à deux vies cabossées et permettait de ne plus parler d'un engagement trouble.

L'évidence est là. Jeanne avait besoin de sa protection. Un haut fonctionnaire sous Vichy était plus utile que son mari médecin à l'hôpital de Neuilly. En théorie, pourtant, elle n'était pas totalement juive. Sa mère ne l'était pas. Son père, si. Aux yeux de la communauté, elle n'appartenait ni complètement aux Juifs ni totalement aux non-Juifs. Pour Vichy, il y avait moins de flou, moins d'ambiguïté. Père juif ou mère juive, Jeanne était juive.

Quand, en 1924, Jeanne a été reconnue par son père, elle l'a vécu comme un soulagement. Elle avait tant attendu ce moment. Plus de quinze ans plus tard, pour survivre, elle a dû raturer une partie de son être. Elle a été contrainte de trahir son paternel, de renier ses racines juives. François l'a aidée à se procurer un faux certificat de baptême.

Un entretien accordé au Monde *par Patrick Modiano en 1972 me fait mieux comprendre son attitude transgressive : « On peut concevoir qu'un Juif se trouve, d'une façon pour ainsi dire privilégiée, dans la nécessité absolue de s'engager, de faire un choix. Il peut choisir la lâcheté : les humiliés veulent ruser avec le malheur quand ils ont une vieille familiarité avec le malheur. C'est ainsi que les Juifs ont souvent pactisé avec leurs bourreaux : il s'agit de survivre. » Jeanne aurait pu être un personnage de* La Place de l'Étoile.

Quant à François, il devait se conforter dans l'idée que Jeanne était une Juive bien assimilée. Et qu'elle ne gênait personne. Elle était surtout son amour incandescent. Il était prêt à tout pour elle, même à trahir ses idéaux politiques. Les sentiments n'obéissent pas aux mêmes lois que la politique. Leur grammaire ne possède pas les mêmes règles, la même cohérence.

Jeanne, impardonnable caprice. Jeanne irréductible transgression.

François aura au moins sauvé une Juive.

10
« PHÈDRE » À LA COMÉDIE-FRANÇAISE
Novembre 1942

François rentre plus tôt square du Rhône. Il s'affale sur l'un des fauteuils club du salon et observe son bureau installé près de la fenêtre. Il a perdu l'une des clés des deux tiroirs agrémentés de bronze doré. Ce bureau est son socle, sa base, le point d'ancrage à partir duquel tout se crée. Sur le plan de travail en cuir, des dossiers empilés. Une longue brique en verre fait office de cendrier. Un cadeau d'Antoine Merlin.

Depuis qu'il a accepté de prendre le poste de directeur adjoint de l'Économie générale, quelque chose a changé. Dans le couloir de la Rue de Rivoli, les huissiers le regardent avec déférence. Quand il prend la parole devant ses collègues, on l'écoute. Voir son nouveau titre apposé sur les documents du ministère lui procure un sentiment de fierté. Mais cela n'altère pas la sensation d'oppression qui étreint sa poitrine. François a découvert qu'exercer le pouvoir condamne à l'exil. Encore plus dans cette situation, sur un volcan au bord du chaos.

Il saisit un journal posé sur la table basse qui titre : « Le maréchal Pétain prend le commandement de toutes les forces armées en l'absence de l'amiral Darlan ». Plus loin, il lit : « Après le premier moment de surprise, la Résistance s'organise au Maroc et en Algérie. »

Il sait ce qu'il se passe. Les troupes allemandes ont envahi la zone libre et Hitler a adressé une lettre au maréchal Pétain et un message au peuple français. Dans la nuit, l'amiral Darlan a lancé depuis Alger un appel à la flotte de Toulon, qu'il invite à venir le rejoindre. À Vichy, on dément. Cet appel est un faux, dit-on. Sentiment de panique. Les ambassadeurs font leurs bagages et Laval a menacé de démissionner.

François entend Jean-Philippe jouer avec ses petites voitures dans sa chambre. Il se lève pour aller l'embrasser. Les genoux en tailleur au milieu de ses jouets, son fils lui adresse un sourire timide.

Bruit de casseroles, odeur d'omelette. Gabrielle s'affaire dans la cuisine. François comprend que sa femme a pu se procurer des œufs dans la journée. C'est une bonne chose. Elle s'est sûrement levée très tôt ce matin pour être parmi les premières dans la queue de la boulangerie. Et pour les œufs, elle a dû déployer des trésors d'ingéniosité.

Il part s'asseoir dans le salon.

Après un moment, Gabrielle vient à lui. Elle lui paraît fatiguée. Le poids du quotidien et des soucis. Elle pose une main sur son épaule. Marque d'affection banale d'un couple qui se veut uni.

Le mari regarde son épouse. Avec son corps bien proportionné, ses traits harmonieux et son teint frais, Gabrielle est vraiment mignonne. Mais il la trouve simplette. Voilà son principal défaut. Elle n'a pas fait d'études poussées. *A contrario* Jeanne, chaque fois, le stimule, par l'esprit et par les sens. Elle a grandi au milieu des livres. Ses grands-parents maternels étaient libraires.

Doit-il quitter sa femme? S'il franchit le pas, comment Gabrielle et Jean-Philippe feront-ils sans lui ? La famille de Gabrielle saura subvenir à leurs besoins. Oui, mais…

« Tu restes pour dîner ?

— Non. »

Il a marqué un temps avant de répondre. Il se sent traversé par une forme de découragement et de culpabilité. Ce soir, il est attendu au théâtre.

François doit traverser Paris pour assister à la première de *Phèdre* à la Comédie-Française en compagnie de Jeanne. Il a pu obtenir de bonnes places. L'affiche est alléchante. Jean-Louis Barrault a déclaré dans les journaux vouloir traiter cette tragédie comme une « symphonie » et laisser chaque acteur donner libre cours à son tempérament d'« athlète affectif ». Les décors rappelant l'antique et le Grand Siècle, qu'on dit magnifiques, sont de Jean Hugo. La grande Marie Bell, l'amie de Jeanne, incarne Phèdre.

Il enfile son smoking noir et noue son nœud papillon. D'un pas décidé dépose un baiser retenu sur la tête de son fils et de son épouse. Gabrielle le regarde descendre prestement les escaliers. Ses yeux embués fixent un instant la croix du Christ sur le mur du salon.

Perchée sur ses talons devant le Français, Jeanne attend, emmitouflée dans son manteau noir. Sur ses mollets galbés, un trait noir imite la couture des bas. À lui prendre ne serait-ce que le bras pour la conduire, il jouit de l'élasticité de sa chair.

Au foyer du théâtre, des officiers de la Wehrmacht avec leurs uniformes ornés de croix gammées se mêlent aux civils français en longs manteaux et chapeaux feutre. Les Allemands bénéficient de places gratuites.

Jeanne quitte son manteau au vestiaire. Sa jupe crayon souligne sa taille, ses cheveux sont relevés en chignon, ses oreilles ornées de deux perles d'ivoire. Déjà des regards d'hommes se tournent vers elle. Elle irradie littéralement et elle le sait. En pénétrant dans la salle Richelieu, elle indique à François en chuchotant la présence de ses amis de Montmartre.

« Edgar est là aussi », dit-elle nonchalamment. François se raidit. Une bouffée de chaleur monte en lui. Enfant redevenu craintif l'espace d'un instant, il ne peut réprimer un geste de nervosité.

Très vite, on s'installe. Ils bénéficient de bonnes places à la corbeille.

Sur scène, Marie Bell apparaît. Robe rouge, un diadème de lauriers posé sur le front, la pupille allumée, la voix douce mais forte, elle est dès les premiers mots une Phèdre impériale. François se laisse happer. La solitude et la culpabilité de Phèdre. Le thème de la transgression. Après tout, son histoire à lui possède aussi son lot de tragédies. Il espère que son sort ne sera pas aussi funeste.

À la fin de l'acte V, Phèdre meurt sous l'effet du poison qu'elle a ingurgité, victime expiatoire de son délit amoureux. La salle est bouleversée. Le rideau tombe. Jeanne se lève et applaudit à tout rompre. François sent le corps de son amoureuse vibrer. Il a envie de la serrer dans ses bras. Tout de suite, elle veut se rendre dans les loges pour embrasser Marie. Elle ne peut réprimer son impatience. Son fauteuil claque le premier.

Dans la foule compacte qui se masse dans le couloir et les escaliers, Jeanne aperçoit la haute silhouette d'Edgar. À ses côtés, sa conquête du moment. Une blonde aux cheveux crantés et lèvres rouge carmin. Les deux femmes se toisent. François s'arrête, crispé, comme si quelque ennemi approchait. Les yeux de Jeanne brillent d'un éclat particulier, il le jurerait. Il scrute Edgar des pieds jusqu'à la tête. Un sauvage avec quelque finesse dans les traits. Il aimerait le frapper là devant tout le monde mais sait qu'il doit se retenir ; et afficher quelques paroles civiles et autres politesses d'usage pour donner le change.

L'alerte est lancée. François entend son amante rire bruyamment avec le metteur en scène. Son ton de voix monte et se perd dans les aigus ; et c'est insupportable. Engoncé dans son smoking, raide dans ses gestes, il n'a pas pu placer plus de trois mots. Son nœud papillon trop ajusté l'empêche de respirer.

La loge de Marie Bell est couverte de roses. Au fond, les costumes de scène enlevés à la va-vite et qui pendent froissés sur des cintres. Sous l'éclat des petites lumières couronnant son miroir, on est à tu et à toi. Ce ne sont qu'embrassades, rires et bons mots. Jean-Louis Barrault passe une tête. Il a les joues lisses d'un jeune premier. On sort des verres. La pièce exiguë s'emplit d'une odeur animale. Il fait si chaud. Les hommes retirent leurs vestes. Les corps se rapprochent.

Observant en retrait Jeanne qui prend des airs de petite fille faussement ingénue et Edgar qui déploie ses talents de séducteur, François sort machinalement de sa poche son paquet de Gauloises. Dans l'attaque de sa main nerveuse sur sa cigarette, toute la colère et la souffrance. Mais, il écrase sa tige à peine allumée et saisit soudain Jeanne par le bras pour l'enlever de force. Une véritable fureur s'est emparée de lui.

Il ne la partagera pas.

Jamais.

11
UNE OFFRANDE POUR LE SACRIFICE

Mai 1940. François est en permission. Sur une photo, uniforme à boutons dorés de capitaine de cavalerie, képi trop grand, il tient par la main son fils en culotte courte, gilet bleu marine tricoté main, gros boutons blancs. Ses yeux brillent. Il est fier de poser aux côtés de son fils.

Trente ans plus tard, sous l'arche d'une cathédrale gothique, le père et le fils, droits comme des piquets. Un bon mètre les sépare. François, veste beige bien trop large pour lui, Jean-Philippe, la quarantaine, en manteau bleu marine et pantalon assorti. Le fils dépasse le père d'une tête. Jean-Philippe affiche un air joyeux, presque rigolard. Est-il heureux auprès de son paternel, qui dévoile pour sa part un sourire pincé ? Difficile d'établir entre eux un lien de complicité ou de connivence.

Entre mes mains, ces deux photos. Ce sont les seules que j'ai retrouvées où Jean-Philippe se trouve à côté de François. Pas d'autres traces dans les albums de famille en cuir que j'ai feuilletés. Aucune ombre, même flottante. Les clichés de Jean-Philippe sont pourtant nombreux : Jean-Philippe à la plage, en communiant, en lycéen bien peigné, en étudiant, ici en touriste à sandalettes, là en play-boy fifties. *Gabrielle a fait place nette. Elle n'a gardé qu'un homme auprès d'elle. Son fils.*

Jamais mon père ne m'a parlé de son propre père. Un silence a toujours entouré sa vie intime. Il était sanglé dans son être comme dans son imperméable beige. Il était aussi illisible que son écriture pattes de mouche. Tous ses souvenirs d'enfant étaient enfouis.

Comme François, Jean-Philippe a manié les chiffres et les bilans comptables. Mais à la différence de son père, il a fait carrière dans le privé. Il glissait ses émotions sous des courbes de pourcentages. Avec son mètre quatre-vingt-dix, il dépassait tous ses interlocuteurs. Dans sa vie de père et sa vie tout court, il était « perché », débordé par la matérialité des choses. Il flottait dans l'espace. Rien ne semblait l'accrocher. Il se disait déshérité. Mais de quoi ?

Mon père gardait précieusement un cliché officiel de Jacques Chirac. Datant des années 1980, il trônait bien en évidence sur la cheminée du salon familial. À l'évocation de « Chichi », comme il l'appelait, ses yeux s'illuminaient. Il était fier de mettre en exergue leurs liens.

Tous deux fils uniques, les deux hommes sont nés à un an d'intervalle. Leur mère respective les a placés sur un piédestal. Ils ont effectué leur scolarité sous la verrière Eiffel du lycée Carnot à Paris, puis arpenté les couloirs de Sciences Po. Grands, ils ont en commun de porter leur pantalon haut sur la taille. Ce qui met en évidence la longueur de leurs jambes et leur donne un ascendant véritable sur ceux qui les regardent, les femmes en particulier. Le père de Jacques Chirac devait être fier, devait penser mon père : son fils a été élu président de la République. En 1995, deux mois après son élection, lors d'un discours devenu célèbre, il a reconnu la responsabilité de l'État français dans la rafle du Vél' d'Hiv.

Certains se noient dans l'alcool, mon père, lui, a plongé dans le travail, les amours clandestines et les médicaments. Une fois, une dose un peu trop forte l'envoya à l'hôpital.

Sur la période de la guerre, mon père a toujours refusé de s'épancher. Un reproche une fois lui est revenu. Oui, François, son père, mangeait bien durant cette période, alors que lui tout gosse criait souvent famine. De cette période sombre, Jean-Philippe a gardé un auriculaire déformé qu'il tenait à nous montrer. Sa peau était plus fripée au milieu du doigt.

En 2000, on lui a diagnostiqué un dérivé d'Alzheimer. Son rapport au temps et à l'espace s'est altéré. Sa mémoire s'est perdue…

12

« TENDRES BAISERS »

Février 1943

Une Traction noire franchit les portes de Paris. Avant d'aller visiter son ministre Pierre Cathala à Vichy, François a décidé de faire un crochet par l'Yonne. Le voyage en voiture est plus long mais plus sûr que le train. Ces dernières semaines, plusieurs attentats ont été perpétrés sur le réseau ferroviaire. Antoine l'accompagne. Depuis qu'ils travaillent ensemble, leur complicité s'est accrue. Chacun a livré à l'autre ses doutes et quelques secrets.

Pour assurer leur escapade, les deux hommes ont réussi à grappiller suffisamment de bons d'essence. De la vraie essence. Et non pas ce mélange à base de parfum, de détergent ou parfois même de vin que certains Français emploient pour faire tourner leur moteur. En réalité, la plupart des véhicules dorment sous des bâches. En attendant des jours meilleurs.

Passer par la Bourgogne pour se rendre à Vichy n'est pas le chemin le plus direct mais cette virée revêt pour les deux collègues un parfum de vacances. À Paris, le climat est devenu trop lourd. François a besoin d'une pause. Il veut l'espace d'un instant retrouver son village de Montivieux, le clocheton en ardoise de l'église Saint-Pierre-aux-Liens et sa vue imprenable sur la montagne aux Alouettes.

Après un virage en épingle à cheveux, Antoine appuie sur la pédale d'accélérateur. François, qui ne sait pas conduire, remonte son col. Les vitres gardent encore des traces du givre de la nuit. Les deux hommes sont enrubannés de leur écharpe et couverts de leur manteau épais en laine. Malgré le vrombissement du moteur, ils parlent sans cesse. On dirait qu'ils pépient. Surtout Antoine. Quand ils étaient jeunes inspecteurs, on le surnommait « Piou-piou ».

Les kilomètres défilent. La brume argentée s'est levée. De faibles rayons éclairent un paysage laiteux. La route est fatiguée, comme le reste du pays.

On glisse maintenant sur la route en silence et le corps des deux hommes est ballotté. François sent encore sur sa peau l'empreinte des baisers de Jeanne, le souffle tiède sur son épaule, son parfum dans le creux de son cou. Que va-t-elle faire pendant son absence ? Revoir Edgar ? Il se force à chasser cette image de son esprit. En vain. Un voile de mélancolie l'entoure. Il a soudain la nausée.

À hauteur de Nemours, la conversation reprend. On parle de la défaite cuisante des Allemands à Stalingrad, du STO rendu obligatoire pour les jeunes nés entre 1920 et 1922. On fait mine de ne pas évoquer la Milice de Joseph Darnand. Sa police politique a été reconnue d'utilité publique. Le sujet est trop délicat pour ces deux hommes qui aiment l'ordre mais pas la violence gratuite.

Les champs nus sont couverts d'une fine pellicule de gel. La Citroën enchaîne les kilomètres sur des nationales désertes, avançant à vive allure quand elle le peut. Il faut éviter les nids-de-poule, patienter au dos des tracteurs.

On s'est restauré dans une auberge près de Courtenay. On a commenté les derniers faits économiques : la majoration des frais d'occupation est passée à la fin de l'année à 500 millions de francs par jour, la nouvelle loi de finances augmente l'impôt sur les traitements et les salaires. Et pendant ce temps, le coût de la vie augmente. C'est la goutte de trop pour les Français. On n'en peut plus de se serrer la ceinture et de ne pas manger à sa faim. François et Antoine en sont conscients et doivent courber l'échine devant l'Allemagne, qui annonce par voie de presse que la France ménage trop ses contribuables.

On reprend la route. François tait à son camarade son tourment intérieur. Tous les jours ou presque, Jeanne menace de rompre. Il se sent écartelé mais ne se résout pas à agir. Sa passivité naturelle lui conseille de laisser faire et d'attendre.

Le panneau indiquant l'entrée dans Montivieux apparaît enfin sur le bord de la route. Situé au milieu de plaines et de bois giboyeux, le village surplombe des petites carrières de calcaire blanc qui sert à la construction des maisons et des ponts avoisinants. Le parc naturel du Morvan avec ses forêts sauvages et ses lacs translucides est à moins de 40 kilomètres. La ligne de démarcation, qui séparait la France en deux zones avant que les Allemands asservissent tout le pays, est à 132 kilomètres. Vichy, à moins de 200 kilomètres.

« On va se garer là », indique François.

La Traction marque l'arrêt devant l'église en pierre de Saint-Pierre-aux-Liens.

*

Bien des années plus tard, je me gare au même endroit. Je n'étais jamais allée à Montivieux. Depuis le milieu du XIXe siècle, le village est pourtant le fief familial. Notre berceau originel. Mais je n'y ai aucune attache, aucune histoire associée. Tout juste m'a-t-on rapporté que mon père y avait hérité de quelques hectares de bois de feuillus. Je ne les ai jamais vus, ni pu les identifier sur une carte de la région. Je connais d'ailleurs très mal le département de l'Yonne.

Je connais bien mieux la Côte-d'Or, où j'ai des souvenirs de vacances, une tante gaie et aimante qui avait cinq enfants comme ma mère. Mais elle n'était pas malade, contrairement à la mienne. Quand ma tante est morte, en 2010, j'eus l'impression de perdre une deuxième maman.

Le bruit de mes pas résonne dans le village. J'entends les cloches carillonner et les poules caqueter. Mais les volets des maisons sont tirés. Dans l'air brumeux, les rares habitants ne traînent pas. Avec ses 600 habitants, le village est à l'image de ces communes françaises qui se sentent oubliées, voire méprisées. Les grands perdants de la mondialisation, ce sont eux.

*

François fait découvrir à Antoine les quelques rues de son village : la rue de la Croix-Cassée, la rue du Crot-des-Abreuvoirs, la rue du Bois-Breton, la rue de la Vigne, la rue du Cul-de-Sac. Il évoque ici une vie paysanne avec ses traditions ancrées et ses fêtes populaires. Presque l'épigone du « retour à la terre » cher au Maréchal.

Il s'amuse à détailler pour Antoine comment autrefois on plaçait les chiens atteints de la rage entre les deux portes de l'église pour les marquer au fer rouge à l'effigie de la croix de saint Pierre. On honorait aussi saint Loup dans l'église de Sainte-Colombe. On y emmenait les enfants pour les préserver de la peur. Les jeunes femmes qui voulaient devenir mères étaient conduites à la chapelle de Saint-Marc-les-Fontenay, au village d'à côté. En cachette, elles buvaient une mixture infecte faite à partir de la sciure d'un tronc d'arbre aux vertus supposées magiques.

La guerre a ralenti l'activité des marchands de chaussures, des courtiers en grains, des bourreliers et des marchands de blanc, raconte François : « C'est l'épicier du village qui a remplacé le maire, vois-tu. Décision de Vichy, qui place ses amis. D'après les rumeurs, sa fille a toujours reçu les honneurs à l'école. Le curé a peur de lui. Un jour, sa voiture a été mitraillée. »

Comme partout, les hommes refusent de partir en Allemagne pour le STO. Ils se cachent dans des fermes. François sait qu'un groupe de résistants s'est fait tirer dessus par les Allemands sur la route de Montivieux. Plus tard, cinq hommes ont été arrêtés et conduits dans le camp de Pithiviers. Au moment où ils allaient monter dans le convoi, ils ont été libérés grâce à quelqu'un de haut placé à Paris. François ne communique pas son nom. Il avoue à Antoine qu'il admire leur courage. Son ami acquiesce.

On est déjà à la sortie du village. Il n'y a plus rien à voir. Aujourd'hui, tout est calme. Un chien aboie dans une cour proprette. Deux garçonnets aux cheveux ras jouent à l'épée avec des bâtons. La vie s'écoule. La guerre semble loin.

En avril 1940, François avait fait le voyage avec Jeanne. Le Danemark et la Norvège venaient d'être envahis par l'Allemagne. Ils avaient arpenté les sentiers caillouteux. Près d'un chemin de terre bordé d'herbe rase, un coin qu'il connaissait et qu'il savait à l'abri des regards, ils avaient fait l'amour. Longtemps et puissamment. Il revoit la jupe sombre que portait Jeanne et sa chemise rouge à manches courtes. Elle était belle à se damner. Après l'amour, ils avaient partagé une cigarette en silence.

Derrière une grille en fer forgé, on aperçoit une belle bâtisse rectangulaire en pierres. Avec ses volets blancs, son jardin soigné et son puits, la maison dégage un air prospère. Sa composition symétrique est typique de l'architecture du XIXe siècle. La porte, surmontée d'un arc en plein cintre, est encadrée de deux pilastres. La façade comporte huit fenêtres à volets blancs. Seule vraie fantaisie : une lucarne avec son fronton en forme d'arche d'église romane. Elle a dû coûter cher à l'époque. On a dû parlementer avec le maçon, se concerter au sein du clan. Elle devait faire la fierté de la famille. On dit qu'une biographie peut s'écrire à partir de lieux où l'on a vécu. Les êtres passent mais les murs des maisons de famille gardent les traces indélébiles de moments doux ou cruels.

François reconnaît le grincement du portail. Sa respiration se fait plus ample. Il invite son collègue à le suivre. Au préalable, il lui a expliqué l'histoire des siens. Il est né à Paris, rue Louis-Blanc, mais sa famille, après avoir quitté l'Ariège, s'est établie en Bourgogne.

« D'une génération l'autre, on ne reste pas au même endroit. Le besoin de gagner mieux sa vie, l'envie de grimper les échelons de la société. Rester encalminé dans les couches inférieures est signe d'échec pour nous », affirme-t-il avec conviction.

Et il est convaincant.

Il dit peu en revanche de ce qu'il lui a fallu endurer pour arriver et du mépris que certains ont affiché devant sa réussite.

Pour Antoine, il raconte les hommes qui l'ont précédé. Leur courage, leur poigne et leur vaillance.

« Il y a eu Victor, commence-t-il, fils de maître de forges qui a quitté l'Ariège pour s'installer à Montivieux. Son père était criblé de dettes. Médecin, Victor s'est marié à une Morvandelle. Et Éliacin, à la génération suivante, a été élu maire. » Il marque un temps d'arrêt avant de s'exclamer théâtralement : « On est devenus des notables de province à ce moment-là, tu comprends. Avec mon père médecin à Lariboisière, c'était fait ! »

Cette maison dans laquelle ils pénètrent maintenant est celle de son enfance. Entre champs de blé dorés et maisons ocre, semés le long des sentes, des souvenirs par centaines. L'escalier en bois de noyer et les tomettes bombées qui recouvrent le sol, les repas dominicaux servis dans la vaisselle en porcelaine par les garçons de ferme reconvertis en domestiques, les parties de dames disputées entre cousins dans le jardin. Ici on chassait le gibier aux aurores et on lisait *L'Action française* le soir près de la cheminée fumante.

François évoque enfin sans fausse pudeur le côté de sa mère. Mathilde était une actrice de théâtre de boulevard dont la carrière fut éphémère. Une femme qui a foulé les planches et attiré les regards. Trop parfois. Mathilde n'a pas été toujours fidèle à son mari. Il est arrivé que l'amant ait été présent au repas dominical et que l'on ait mené un couple à trois au vu et au su de tous. Il ne dit pas à son ami qu'il a hérité d'elle le goût des combinaisons multiples, les arrangements plus vastes, qui permettent d'échapper au piège d'une place fixe.

Mathilde ne fut pas non plus pour lui une mère à temps plein. Difficile de mener une vie d'actrice tout en donnant la tétée. Bébé, François fut mis en nourrice chez Paulette, qui avait déjà un autre petit garçon. Rolland. Un frère de lait pour lui.

Souvent, sa mère le confia aussi, avec Berthe, de trois ans sa cadette, à sa belle-sœur Marie-Thérèse.

C'est chez elle qu'on s'apprête à rentrer. Au village, elle assurait le catéchisme de la paroisse. Le dimanche à la messe, elle était fière de s'agenouiller sur le prie-Dieu, encadrée par ces deux petits Parisiens, Berthe en robe blanche à volants, François en costume de marin et bottines en cuir à boutons dorés. De temps à autre, les enfants recevaient des cartes postales de leur mère, qu'ils gardaient dans une boîte en fer-blanc.

« Je vous confie les deux chéris qui sont assez bien réussis, n'est-ce pas ? » C'était envoyé de Strasbourg, de La Baule, de Lille, de Charleville. Pour son fils : « J'espère que tu t'amuses bien avec mémé » ou bien « Si tu te débarbouilles bien et que tu ne dis pas de vilaines choses, je te conduirai à Luna Park ». Ou encore : « Tu tâcheras de pêcher beaucoup de poisson, quand j'y serai, car tu sais que je les aime beaucoup, je t'embrasse mon cher mignon. » Parfois c'étaient juste de « tendres baisers » griffonnés à la va-vite sur des cartes montrant la porte de Tournai de Lille, la grande rue de Fontainebleau ou les bords du Morin de Crécy-en-Brie. Quand le facteur tendait une lettre, c'était une fête pour le garçonnet. Mais aussitôt une douleur triste. Derrière l'engouement de ses mots, sa mère restait indifférente à son sort.

C'est tout ça Montivieux pour François, un monde ancestral et une terre de secrets. C'est ici qu'il a appris à rentrer en lui. Cette habitude ne l'a pas quitté. Elle s'est renforcée avec le temps.

Il faut qu'Antoine sache enfin. Berthe est morte à 28 ans, le 29 décembre 1931. Elle était si fière de la réussite de son frère. Combien de fois ne l'avait-elle pas soutenu, se mettant à son service, voulant alléger ses efforts. À l'annonce de sa disparition, il fut dévasté. Ne plus tenir la main de sa sœur fut une douleur qui ne guérirait pas. Il se souvient encore des sanglots interminables qui ont secoué sa poitrine. La disparition de Berthe représente un vide que ses multiples amantes n'ont jamais réussi à combler. Seule Jeanne, née la même année que Berthe, est parvenue à lui faire oublier le scandale de la mort.

Arrivé au premier étage, ému, François toque à la porte.

À côté d'une armoire en bois blond, un poêle ronronne comme un chat heureux. Les cheveux gris retenus en un petit chignon droit et haut sur son crâne, un châle ocre sur les épaules, sa tante chérie est assise sur une bergère en velours rouge. Ses pieds emmaillotés dans des pantoufles en flanelle grise reposent sur un petit tabouret assorti à un fauteuil

Louis XVI. Elle tient dans l'une de ses mains une large aiguille et dans l'autre sa broderie du moment. Marie-Thérèse agrippe les accoudoirs de son fauteuil pour s'empresser d'aller embrasser son neveu comme du bon pain. Toutes les rides de son visage rient.

Elle aurait tellement aimé avoir un fils comme François. Il est si beau et si intelligent. Elle pousse un cri d'exclamation et retrouve d'un coup son énergie d'antan. Antoine retire son chapeau et salue d'un ton affable la vieille dame.

La conversation est douce et roule de sujet en sujet. Des nouvelles de la famille qui est dispersée un peu partout. La guerre et ses pénuries. Quelques anecdotes sur le passé.

« François était un enfant très intelligent, vous savez. Oh oui ! » s'évertue à répéter Marie-Thérèse, expression que son collègue s'empressera de contrefaire à la perfection dans la voiture.

Avant de reprendre la route, François a demandé à Antoine de patienter un instant. Seul, il s'est dirigé vers le cimetière où sa sœur adorée repose.

Il lui adresse un baiser et caresse l'ovale de son portrait. Il veut croire que Berthe lui souffle à l'oreille : « François, je resterai toujours près de toi, je continuerai à te soutenir. » Il sait qu'il sera enterré ici, à côté d'elle.

*

J'ai passé du temps à arpenter le cimetière de Montivieux pour trouver la tombe de mon grand-père. Il m'a fallu l'aide d'un regard extérieur et aimant pour la repérer. La sépulture en marbre rosé contraste avec les autres. Elle n'affiche pas du clinquant mais une forme d'autorité, voire de supériorité.

Mon grand-père est enterré avec son père Eugène et toutes les femmes chères à son cœur. Les noms des défuntes dessinent comme une ronde autour de lui. Il y a sa mère Mathilde, sa tante Marie-Thérèse, sa sœur Berthe, et Jeanne. Mais pas son fils, qui repose dans un cimetière parisien. Mon père s'est mis sous la protection de la lignée maternelle.

Dans le cimetière de Montivieux, un rayon transperce les nuages. Le ciel se teint de rose. La couleur chatoyante s'accommode avec la branche de cognassier que je dépose sur le marbre. Elle est aussi celle de l'amour.

13
LES JUSTES ET LES SALAUDS

Collaboration d'État, Vichy, Résistance, au fil de mes recherches, ces mots prennent de plus en plus de place dans mon quotidien. Ils remplacent les faits sur la vie de mon grand-père qui me font défaut. Je les retourne, essaie de les faire parler, de mesurer leur épaisseur historique. Derrière leur côté imposant et presque effrayant se dessinent aussi des vies à hauteur d'homme confronté à la violence des événements. Bien des questions tournent dans ma tête : peut-on vraiment décider librement? Comment choisit-on? Qu'est-ce que le courage? Est-ce endurer ou savoir rompre?

L'histoire retiendra les justes et les salauds. Le pire comme le meilleur. Mais la force d'âme et les petites lâchetés peuvent se mélanger parfois chez une même personne. La peur est souvent là, dans les recoins des consciences et des corps. C'est elle le moteur de bien des destinées. En fonction des circonstances, elle peut pousser à la fuite ou renforcer la volonté de tenir bon.

Jusque-là, j'avais relégué la période de la guerre aux livres d'histoire. J'avais en tête que le général de Gaulle avait réussi à minorer le rôle de Vichy dans les années 1940 pour maintenir l'unité du pays et faire admettre que les valeurs de la France éternelle étaient celles de la Résistance.

Le 16 juillet 1995, quand Jacques Chirac prononce son discours du Vél' d'Hiv qui reconnaît la responsabilité de l'État français dans la rafle de treize milliers de Juifs, je ne saisis pas tout de suite ce que cette déclaration a de retentissant. Je fais route vers le Maroc avec un amoureux et suis meurtrie par la disparition de ma mère, qui vient de mourir après une longue maladie. Campée sur mon chagrin, je ne perçois pas la portée de ces mots : « La France, patrie des Lumières et des droits de l'homme, terre d'accueil et d'asile, la France, ce jour-là, accomplissait l'irréparable. Manquant à sa parole, elle livrait ses protégés à leurs bourreaux. »

14
DE GRANDS VERRES DE WHISKY
Février 1943

Les paysages défilent. Des champs bruts, des étendues glaireuses blanchies par la neige, des villages assoupis. François et Antoine progressent au milieu d'un brouillard épais. Ils ont repris la route. L'Allier apparaît enfin dans leur champ de vision. Sur le pont Régemortes, les drapeaux allemands flottent.

Leur voiture pénètre dans Vichy, bordée de beaux hôtels rappelant le faste du Second Empire. C'est à « la Reine des villes d'eaux » que le grand monde venait en cure se mettre au repos. Et le soir, costume pour les hommes, robe à crinoline pour les femmes, on va se divertir en ville.

Un vent cruel s'invite sous la galerie de couleur blanche qui encercle le Parc des sources. De la voiture, François aperçoit les gardes bottés et en gants blancs postés devant l'entrée de l'hôtel du Parc. Il admire le dôme imposant, les balcons en pierre et fer forgé, le camaïeu d'ocre et de blanc.

Antoine descend au moins une fois par mois à Vichy. En tant que responsable de la direction de l'Économie générale, il maintient régulièrement le contact avec son équipe installée dans la ville d'eaux. Pour François, c'est une première.

Antoine désigne pour son ami le deuxième étage de l'hôtel.

« Là, c'est Laval. Et au-dessus, au troisième, Pétain. »

François apprend que la chambre du Maréchal porte le numéro 125, que ses appartements comportent quatre pièces dont une salle à manger, que les murs sont tapissés de toile de Jouy, que Pétain reçoit principalement pour les petits-déjeuners, que la décoration de l'ensemble est sobre et enfin qu'une maquette du paquebot *Maréchal-Pétain* et un dessin de la cathédrale de Strasbourg parent sa cheminée.

« Et son bureau ? demande-t-il, curieux.

— Dans la chambre 124, le Maréchal y reçoit ses visiteurs sur des chaises Empire.

— Et pour ses maîtresses ?
— Sûrement ailleurs », s'esclaffe Antoine.

*

Il m'a été donné de couvrir le déplacement présidentiel d'Emmanuel Macron à Vichy en 2021. Répondant à la polémique honteuse lancée par Éric Zemmour, le sujet de la collaboration a occupé, le temps d'une courte séquence, l'espace médiatique. L'éditorialiste avait affirmé que Pétain aurait « protégé les Juifs français et donné les Juifs étrangers ».

« Un passé qui ne passe pas », proclamait le livre des historiens Éric Conan et Henry Rousso publié dans les années 1990. La période de la collaboration hante encore la conscience nationale. Les vieux démons sont toujours là, tapis dans l'ombre. Prêts à resurgir. Les déloger ? On n'a pas réussi ou pas eu envie.

L'ombre portée de cette période continue de travailler les mémoires et prend pour nom, au pluriel, humiliations, trahisons, lâchetés, jalousies, rancœurs, deuils, douleurs, silences, blessures, hontes, culpabilités… Tout que ce que les années 1940 ont généré dans les têtes et les corps dégringole encore sur les générations suivantes, dans un fouillis d'émotions qu'il s'agit de démêler. Le poids de ces années, ceux d'après ont dû le supporter. L'assumer. Mais le plus souvent le taire.

Devant l'hôtel du Parc, mon cœur bat la chamade. J'essaierai de faire une photo. Elle sera ratée.

*

Antoine conduit François devant l'hôtel Carlton, occupé par les ministères de l'Économie et des Finances, de la Justice, la direction des Douanes, les secrétariats d'État au Travail et à la Production industrielle ; au total 300 chambres, toutes reconverties en espaces de travail. En passant la porte à tambour, les deux hommes découvrent dans le grand hall d'entrée Art déco une véritable ruche. Ça entre, sort, monte et descend dans tous les sens le long du grand escalier en marbre qui occupe tout l'espace.

Antoine informe François que si le Carlton est bien chauffé, la cuisine, en comparaison, est franchement mauvaise.

« Mais tu iras jeter un coup d'œil dans le patio, le jardin couvert de pivoines à partir d'avril vaut le détour. »

Antoine prévient que ce ne sera pas à Jacques de Fouchier que l'on rapportera. Le ministre a donné sa démission et emmené dans ses valises ses deux collaborateurs, Thierry de Clermont-Tonnerre et Jean Ricquebourg. François les connaît, ils sont des promotions 1937 et 1939. Antoine laisse entendre que les trois hommes ont l'intention de passer de l'autre côté de la Méditerranée.

C'est Pierre Douffiagues qui les reçoit. L'homme qui a repris les manettes du cabinet fait preuve d'un zèle à toute épreuve. François sait qui est Douffiagues. Au départ, un simple sous-directeur qui vérifiait jusqu'à tard le soir sous le jaune des lampes en laiton de la Rue de Rivoli les chiffres de la production industrielle. Il a même travaillé avec lui. Un temps ils furent ensemble au ministère de la Marine marchande. Un homme obsédé par les chiffres et assez peu enclin à l'imagination.

Derrière la porte de la chambre 220, une voix vocifère au téléphone, de courtes rafales de mots. Le visage blafard de Douffiagues apparaît. Lunettes noires en écaille qui peinent à dissimuler sa fatigue, costume de serge bleu marine, chaussures noires et cravate. Son bureau en bois d'acajou est envahi par les dossiers. Un cendrier rempli de mégots traîne sur le cuir vert. Sans les saluer il fait signe à ses visiteurs d'aller s'asseoir sur des chaises tout en gardant cet air suffisant, propre à ceux qui occupent, ne fût-ce qu'un instant, un poste de pouvoir. *C'est un animal à sang-froid*, se dit François, *rien ne pourra l'arrêter.*

Dès l'instant qu'il a raccroché son téléphone et sans plus de formalités, Douffiagues rappelle, preuves à l'appui, l'état calamiteux des finances du pays : charbon, carburants, huile de graissage, pneumatiques, huile d'olive, tout vient à manquer. Le blocus empêche les importations. La main-d'œuvre est insuffisante et mal répartie. Le STO va priver la France de travailleurs. Sans parler des conditions météorologiques contre lesquelles il s'emporte. La sécheresse du dernier été a fait diminuer la production d'énergie hydraulique nécessaire au rendement des usines thermiques. Résultat, cet hiver la France a grelotté de froid. En guise de conclusion, pour Douffiagues, qui adopte maintenant un ton martial, « tout le monde doit être sur le pont » pour éviter la faillite.

Il se racle un instant la gorge, se sert un verre d'eau, finit par réajuster ses lunettes.

« Ça, c'est une chose, dit-il comme pour clore un débat. Mais il y a autre chose. »

Douffiagues leur annonce qu'il veut s'en prendre aux entreprises qui pratiquent le marché noir. Le Président a donné des consignes très claires aux préfets pour arrêter ces « gangsters » qui bâtissent des fortunes sur le dos des Français. Douffiagues ne tolère pas que de simples épiciers stockent dans leur cave, comme on le lui a rapporté maintes fois, des jambons, des pommes de terre ou du café.

« Alors que la France a faim ! », tonne-t-il en cédant de nouveau à la colère.

Se radoucissant, et pour la première fois presque onctueux, Douffiagues demande à Antoine et François de se charger de cette mission.

« Vous opérerez partout des contrôles impromptus de comptabilité. Les préfets vous aideront. Pas plus tard qu'hier, le préfet du Morbihan m'a averti d'un trafic avec Paris d'articles de quincaillerie et de ménage. »

Tout le monde a vent d'un trafic de toute façon. François le premier. Le beurre que l'on tient pour nourrir Jean-Philippe à la maison vient de chez Kropp, des épiciers du boulevard Pereire. Les transactions se font sous le manteau. Des réseaux de la sorte, il y en a mille. Entre collègues, ils parlent de « marché gris ».

François se rassure. Il comprend qu'Antoine et lui ne seront pas sur le terrain. On leur demande juste de respecter les ordres et d'organiser les organes de contrôle.

Ils peuvent disposer. Le ministre les salue à peine et redécroche son téléphone. Il est temps pour les deux amis d'aller boire un verre au Cercle interministériel pour commencer, puis plusieurs au Cintra, sur les bords de l'Allier. L'ambiance y est plus festive, les femmes en nombre, et les whiskys servis dans de grands verres.

Au Cintra, François a retrouvé son regard enjôleur des grands soirs. Il se sent à l'aise et laisse planer son regard sur une jolie blonde à la toilette légère qui traîne seule au bar. Il avise aussi, sur des fauteuils en skaï, des fonctionnaires fatigués, des journalistes en quête d'informations, des officiers allemands sûrs d'eux et des hôtes de passage dont on ne sait pas bien pourquoi ils sont là. C'est la quête du plaisir qui réunit en ce lieu tout ce beau monde.

Ce soir-là, les deux fonctionnaires feront des rencontres hétéroclites : un attaché d'ambassade, qui détaille les succès militaires des Russes, un haut fonctionnaire du ministère des Finances, qui s'inquiète du poids que pourrait prendre la Milice de Darnand. On parle d'un prêtre jésuite qui veut se mettre au service de ces mêmes travailleurs français déplacés en Allemagne. Une jeune femme aux lèvres charnues, hanches généreuses et fins stilettos aux pieds, qui n'aura que le mot volupté à la bouche, les attire. François ne s'était pas trompé.

Quand ils sortent du Cintra, la lune est en croissant. Une fine couche de verglas recouvre les trottoirs, la brume enserre la ville.

15

UN GOÛT MÉTALLIQUE

L'escalier qui descend à la nécropole est imposant. Il débouche sur un dédale de couloirs mal éclairés et de caveaux sombres. Lors d'un après-midi d'automne, je profite d'une exposition consacrée à Clemenceau pour découvrir la crypte du Panthéon. Je me sens un peu perdue dans ce mausolée républicain à l'ambiance lugubre. Le sépulcre de Simone Veil et de son mari s'offre à mon regard à côté de la demeure de marbre de Jean Moulin et d'André Malraux. C'est assez impressionnant.

Eux, ce sont de grands hommes, je le sais. Mais mon grand-père ? Mais moi ? Être une petite-fille de fonctionnaire de Vichy, qu'est-ce que cela veut dire ? De quoi ai-je hérité ? Est-on comptable des actes commis par ses ancêtres ?

À la sortie de la guerre, la France, patrie des Lumières et des droits de l'homme, s'est sans doute sentie honteuse d'avoir participé aux crimes nazis. Ce sentiment a irrigué les générations suivantes, comme un ruisseau suit son cours sinueux.

Selon le philosophe Frédéric Gros, la honte se distingue toujours du sentiment de culpabilité. La honte est forcément liée au regard d'autrui. Elle peut être un poison de l'âme, un obstacle majeur à la résilience. Elle nous empêcherait de devenir nous-mêmes. Il existe de plus, dit-il, une honte rétrospective. Elle refait surface avec le temps pour prévenir les répétitions et le retour de la haine. Et nous incite avec force à ne pas nous sentir solidaires des actes indignes. Elle crée une sensation physique. C'est une « sorte de résistance face à cette humanité prise dans son "fond", un détachement dégoûté, un mouvement de recul ».

Un matin d'hiver, dans mon appartement, j'ouvre dans le mauvais sens une vanne de mon système de chauffe-eau. Les circuits s'inversent. Ce n'est plus l'eau du robinet que je bois mais celle de mon radiateur.

La honte a pour moi ce relent-là. Un goût métallique pour une eau stagnante.

En lisant un jour un article sur le débarquement de juin 1944, j'ai repéré le nom d'un lieutenant sur la liste des membres du commando Kieffer. Ces 177 fusiliers marins des

Forces françaises libres, unité héroïque s'il en est, ont débarqué aux côtés des Alliés britanniques sur les plages normandes.

Le lieutenant André porte le patronyme de ma mère Marguerite. Du sang de héros coulerait-il dans mes veines ? Un brave ferait-il enfin partie de mon arbre généalogique ?

Je parviens à établir le contact avec l'un de ses fils qui habite en Bretagne, près de Guingamp, non loin de la ville d'origine de la famille de ma mère.

Sur le parking, à la sortie de la voiture, je scrute mon interlocuteur de la tête aux pieds. Regard clair, cheveux épais, silhouette tonique. Dans sa maison, surplombant les flots, l'homme me raconte qu'en août 1940 son père, militaire dans la marine, a été condamné à mort par le régime de Vichy pour avoir désobéi et être passé en Angleterre. Chez l'ennemi. Il me tend ensuite le livre de bord d'André. J'y découvre comment, le 6 juin 1944, grâce à son sang-froid, la « Troop *numéro 8 » a pu débarquer sur la plage de Colleville. Qu'à 7 h 20, la barge 523 a pu toucher la plage. Que les très jeunes matelots « ont eu peur des tirs ennemis et se sont sauvés à l'arrière ». « Avec deux commandos, j'amarre les passerelles », raconte André.*

C'est un journal de bord. Précis et instructif. Le journal d'un homme déterminé qui ne doute à aucun moment de la portée et de la justesse de son combat. À la fin du récit, figure cette phrase qui me marque : « Voyage sans retour, gagner ou mourir. »

Je n'ai malheureusement jamais réussi à établir de lien direct entre André et ma famille.

16

LA RAFLE

Août 1943

L'été. À Paris, l'impatience n'accapare plus les corps. Mais une certaine lenteur sensuelle ordonne les gestes. On recherche l'ombre sous les arcades de la rue de Rivoli, les femmes paradent en robes à fleurs. Au travail, on se laisse aller parfois à la paresse. On en oublierait presque la guerre.

Les femmes de François sont parties. Jeanne a rejoint une amie actrice dans le Sud. Gabrielle est avec Jean-Philippe au bord de la mer, à Cabourg. Il les rejoindra plus tard dans le mois. Son train sera bondé.

Dans le hall d'entrée de la Rue de Rivoli, l'huissier n'affiche pas sa placidité coutumière. Un tic nerveux animе son visage. Une fois dans son bureau, François a à peine le temps de se replonger dans un dossier qu'Antoine entre brutalement, les joues cramoisies, le regard rempli d'effroi.

Est-ce à propos de Cathala ? Pendant tout le mois de juillet, leur ministre est resté chez lui, souffrant. Non, pas vraiment. Au petit matin, les Allemands ont procédé à une rafle, lui apprend Antoine. Ils n'ont pas cette fois emmené des familles juives mais une quarantaine de hauts fonctionnaires. Parmi ceux que l'on connaît, Antoine égrène les noms : Jacques Brunet, directeur du Trésor, Wilfrid Baumgartner, président du Crédit national, Adéodat Louis Boissard, directeur général de l'Enregistrement et des Domaines, Georges Pebrel, le directeur de cabinet. « M. Allix, le directeur de la Comptabilité, a eu plus de la chance, raconte Antoine. En congés, il n'était pas présent au moment où les Allemands ont sonné à sa porte. Même les directions administratives ne sont pas épargnées. Jean Saltes, sous-directeur à l'Économie générale, a été arrêté à son domicile. » Ce dernier est sous les ordres de François.

François se sent étourdi. Et le silence qui emplit son bureau ne fait que souligner son état de panique. Faut-il fuir ? Sa raison le lui commande mais son corps ne bouge pas. Il reste collé à son fauteuil à pieds sabres.

Quelques heures plus tard, le responsable de la propagande allemande laisse entendre que l'arrestation du ministre de l'Économie et des Finances Pierre Cathala est possible.

Dès ce jour, dans les couloirs de la Rue de Rivoli, ce ne sont qu'agitation et conciliabules. Enfin une réunion est convoquée dans le bureau du ministre.

Dans la vaste pièce, l'atmosphère est lourde. Tous les directeurs du ministère des Finances sont présents, bien alignés, cheveux peignés, en costume de saison en lin ou en coton léger. Quelques-uns remettent leur faux col, d'autres réajustent leur gilet. On attend. Il fait trop chaud. La peur qui était restée jusque-là rentrée se fraie un chemin sur les visages.

Cathala se tient debout derrière son bureau. Les traits de son visage se sont affaissés, son dos s'est voûté en quelques mois. Ses mains, posées sur la tranche du meuble, tremblent un peu mais son discours, somme toute, reste ferme, grave et cérémonieux. Le ministre veut à tout prix rassurer. Il est en poste et tant qu'il est en poste, insiste-t-il, personne ici n'aura rien à craindre. Il a donné sa garantie personnelle aux Allemands.

François a du mal à fixer son attention sur cette avalanche de mots qui lui paraissent très surfaits. Son regard se perd sur un bibelot posé sur le bureau de Cathala, sur le costume mal remisé d'untel, la pochette trop voyante d'un autre. Dans quelques jours, il sera en Normandie. D'ici là, se dit-il, attendre et observer, c'est tout.

*

Ces faits sont relatés dans Face aux réalités, *le livre témoignage qu'a donné Pierre Cathala juste après-guerre : « On avait voulu, c'était manifeste, commente-t-il, intimider le ministère de l'Économie et des Finances. » Ce coup de filet, en revanche, la presse n'en parle pas. Il semble que cette vague d'arrestations n'ait pas dépassé les cercles feutrés du pouvoir.*

Je retrouve aux Archives nationales des clichés de Pierre Cathala que je scrute de près. En moins de quatre ans, ses cheveux sont passés du noir corbeau au blanc argenté. Ses traits se sont empâtés. Ses joues sont devenues molles. J'ai aussi sous les yeux les commentaires d'un thème astral qu'il a commandé à un mage. La note de sept pages le met résolument en garde contre l'année 1943, qui ne sera pas « sereine ». Du point de vue médical, à cet adepte de la chasse à courre on demande de surveiller plus sérieusement son cœur et sa pression artérielle. Attention au surmenage aussi, qui peut conduire à la dépression nerveuse. Les 2, 3 et 4 août seront de bons jours pour lui. Mais le 8 et le 11 seront « hostiles ». Cela est formulé sans plus de précisions.

Pierre Cathala a été condamné à la Libération par contumace. Il est mort dans la clandestinité, en 1947. Son cœur ne battait plus.

*

À la fin du discours du ministre, on s'interroge. Des petits groupes se forment spontanément. Les directeurs entre eux, les employés à part. On réfléchit. On échafaude des hypothèses. Personne ne s'insurge mais chacun ressent au fond une même forme de vertige car chacun comprend que les arrestations des jours derniers sont des mesures de représailles. On sait que les Allemands soupçonnent quelques hauts fonctionnaires de livrer des informations à Couve de Murville, l'ancien directeur des Finances extérieures et des Changes, qui est parti, en mars, rejoindre Giraud à Alger. De plus, les dernières négociations en haut lieu ont tourné au vinaigre. Laval a refusé l'envoi de 500000 travailleurs en Allemagne d'ici à la fin de l'année. Les Allemands y ont vu un affront. Ils se vengent, c'est certain.

« Les Allemands ne veulent pas d'autres Couve de Murville dans l'administration française, balance le voisin de François.

— On se demande pourquoi », répond un autre d'un rire nerveux.

Personne ne s'engage plus loin. Tous savent en réalité que Couve de Murville a joué double jeu. L'ancien numéro deux des Finances a pratiqué la rétention administrative tant qu'il lui était possible de le faire. Dès août 1940, avec René Sergent, un autre inspecteur des Finances, Couve de Murville a mis en place un bureau des achats et des ventes à l'étranger. Officiellement, la structure devait veiller à une parité entre le mark et le franc ; dans les faits, jouant de calculs et de montages complexes, elle visait à freiner les achats massifs des nazis et à endiguer les exportations toujours plus nombreuses vers l'Allemagne et financées par le Trésor français. Pour embrouiller l'ennemi, la machine administrative sait se montrer ingénieuse.

« Et s'ils savaient pour le Bureau "B" ? » essaie un troisième directeur.

Mais on se tait. On opine discrètement d'un air entendu. Pour limiter les prises de participation des Allemands dans les entreprises et industries françaises, les fonctionnaires avaient créé des règles juridiques de toutes pièces.

Avec un aplomb qui ne lui ressemble guère, François lance à l'assistance : « Même si nous servons les Allemands, nous n'avons pas totalement abdiqué. »

Sa phrase suscite une lueur de fierté dans les regards.

Raide dans son costume d'été, comme si c'était pour la dernière fois, il salue chacun des membres du petit groupe et s'éloigne.

Dans la France occupée, rien n'est clair. Le jour se mêle à la nuit. Derrière un officiel peut se cacher un clandestin ; et derrière un simple civil un homme prêt à prendre les armes pour sa liberté. Sous un homme qui obéit peut-il se terrer un lâche ? Couve, lui au moins, a choisi son camp.

Quand, début 1943, Antoine Merlin quitte la direction de l'Économie générale pour le Centre national du commerce extérieur, François s'y glisse naturellement. On lui adjoint aussi la direction de la Coordination économique. Au moins, il obtient un titre ronflant, un salaire plus élevé. *De quoi plaire à Jeanne*, pense-t-il en investissant son nouveau bureau en acajou.

La conjoncture lui donne raison. Pris dans la tempête, le pays a besoin de lui. Une crise financière plus grave que celle de 1942 fait rage. Les cours de la Bourse s'envolent. Le prix de l'or atteint des sommets sur le marché clandestin. Nombreux sont ceux qui se ruent pour retirer leur argent de la banque.

Attendre et tenir, se dit-il.

17

L'AMOUR EST D'ABORD GÉOGRAPHIQUE

Novembre 1943

Jeanne a donné rendez-vous à François devant le kiosque du Jardin des plantes. Tourner dans les allées gravillonnées, contempler les plantes aux noms exotiques, percevoir et distinguer les cris des animaux de la ménagerie font partie de leurs habitudes. L'amour possède ses petits rituels. Souvent, François et Jeanne prennent place dans le jardin alpin. Leur oasis. Ici, au milieu de plantes venues des Cévennes, du Caucase ou d'Himalaya, ils ont l'impression de s'extraire un instant du monde.

Sur leur banc favori, installés sous un majestueux métaséquoia, les deux amants se sentent protégés. Au début de l'automne, les feuilles de l'arbre prennent une belle couleur rouge cuivrée. Mais en ce jour de fin de novembre, le conifère fait pâle figure. Apparaissent, à nu, son tronc rougeâtre et ses formes tourmentées.

Le couple repart en marchant. Jeanne a les traits tirés. Ses talons trébuchent sur le gravier de cailloux blancs. À plusieurs reprises, François la rattrape par le bras.

Près des pelouses, un peu à l'écart, il fait mention des dernières nouvelles que lui ont livrées ses amis de La Popote. Laval serait nerveux. Sa tâche est compliquée par des conciliabules internes. Les tensions avec le Maréchal sont fortes. La Milice étend son influence à l'intérieur de l'État. François Lehideux et Jacques Barnaud et même Hippolyte Worms, le patron de la banque Worms, agiraient en sous-main pour revenir au gouvernement.

« Tu te rends compte, exulte-t-il. Ce serait tellement mieux. »

Jeanne ne dit rien. La veine bleue de son cou palpite. Le blanc nacré de son collier de perles se distingue à peine sur sa peau. Elle a ce regard ardent du défi qu'il lui connaît.

« François, si tu ne la quittes pas, c'est moi qui vais partir. C'est intenable maintenant. »

Le ton est sec, brusque, presque menaçant. Lui est pris de court. Il sent sous ses semelles le sol durci par le froid. L'hiver est là, en avance. Son écharpe en cachemire ne le protège plus de la bise qui s'engouffre dans sa gorge. Par réflexe, il plonge sa main dans son veston pour en extirper son paquet de cigarettes. Depuis plusieurs semaines, il a parfois du mal à respirer. Son médecin lui a diagnostiqué de l'asthme et l'a sommé de réduire sa consommation de tabac.

Il avale quelques bouffées et écrase sa cigarette. S'approchant d'elle, il tente de poser un baiser sur ses lèvres mais elle se raidit aussitôt.

« Edgar… Edgar, annonce-t-elle en se dégageant, a dit qu'il s'occuperait de moi. »

L'image du metteur en scène lui apparaît avec son sourire narquois, son aisance à se mouvoir et ce charisme dont il voudrait faire montre ; et qui est ridicule. François est cent fois supérieur à cet intrigant de comédie. Il le sait.

Mais les mots de Jeanne l'ont blessé. François essaie de prendre sa main et de capter son regard.

« Je ne peux pas laisser Gabrielle maintenant. Son père est mort cet été. Elle est encore sous le choc. Elle a du mal à s'en remettre. Donne-moi du temps. Juste un peu de temps. »

Cela ressemble à une supplique. C'est si rare chez lui.

Le buste en avant, les yeux exorbités, Jeanne demeure intransigeante : « J'ai trop attendu. Je t'ai trop attendu. J'en ai assez d'être reléguée au statut de maîtresse, d'avoir l'impression de ne pas exister. Je ne supporte plus. »

François prend enfin conscience que Jeanne est devenue une nécessité dans sa vie, qu'elle est le centre de tout. Quand il n'est pas avec elle, elle est encore dans ses pensées, ses rêves et ses cauchemars. Elle lui fait oublier la guerre et son absurdité, ses choix de carrière périlleux, sa propre médiocrité. Se traiter d'incapable et de mauvais par rapport aux autres, il en a l'habitude. Malgré sa position, il n'a jamais cru vraiment en lui. Souvent il est terrifié par la somme des reproches qu'il peut se faire. Seulement, il est au désespoir quand il n'est plus avec Jeanne.

Mais elle lui prend trop d'énergie. Elle colonise son esprit. Même si chacune de leurs retrouvailles prend l'allure de véritables épiphanies, elle le tue.

Des absences trop longues peuvent mettre François au bord du gouffre. En embuscade, la folie est prête à le pousser dans le trou.

En contre-haut, un oiseau vient de se poser sur la branche du métaséquoia. Au milieu de cet agrégat de branches, il a l'air bien seul. Jeanne se dégage de François.

« Pour moi. Pour moi, tu entends », martèle-t-elle.

Hier encore, des Juifs ont été arrêtés tout à côté de chez elle. Des pleurs ont retenti dans la cour. Des cris d'enfants. Horribles. Son amie Marie Bell l'intime résolument de se protéger.

« Edgar m'emmène hors de Paris », lâche-t-elle. Et puis, elle ajoute : « Peut-être me fera-t-il un enfant. »

François est abattu, mais il ne peut s'empêcher de trouver Jeanne extraordinairement belle. Plus belle que jamais. Même en colère. Même défaite. Il lui envierait presque son assurance, sa capacité à mettre le monde à ses pieds.

Il agrippe maladroitement son bras. Elle le repousse. Son regard se fait dur, il essaie de la retenir encore une fois.

« Je vais parler à Gabrielle. Je te le promets. Notre amour est trop beau. Je t'en prie, attends-moi. »

Elle s'écrie qu'il est trop tard.

Sa fière silhouette n'est plus qu'un point noir dans le jardin.

Il s'affale sur un banc, l'esprit brouillé, le corps essoré. Il n'entend pas les cris joyeux d'un groupe d'écoliers qui passe à ses côtés. Une femme et son enfant longent l'allée devant le banc où il s'est assis. *On dirait Gabrielle et Jean-Philippe*, se dit-il en reprenant ses esprits. Le garçonnet transporte sur son dos un gros cartable en cuir. Les lanières en cuir lui sectionnent les épaules. Sa maman le tient par la main. Sa mère se comportait de la même façon avec lui quand il était enfant.

Il essaie de se relever mais une immense fatigue l'assomme. Il n'enlève pas la poussière qui tache la manche de son manteau. Il n'en a pas la force. Il a du mal à respirer, il se sent oppressé. *Allons, force-toi*, s'exhorte-t-il.

Il parvient à regagner, un peu hagard, la sortie du Jardin des plantes. Sur le trottoir gris de la rue Geoffroy-Saint-Hilaire, il ne regarde pas en traversant.

Bruit mat, chute, douleur intense, ciel blanc, sirènes criardes d'ambulance, trou noir.

À son réveil sur son lit d'hôpital, le médecin lui annonce qu'il a eu de la chance. Il vient d'être percuté par une voiture. Seul son genou est endommagé. Lui ne se souvient de rien. Il sait juste qu'il ne peut pas vivre sans elle.

18

DES BOMBARDIERS DANS LE CIEL

Décembre 1943

Le poste de TSF grésille. « Paris sera toujours Paris », chante Maurice Chevalier. Couché sous un plafond d'où saillent des poutres mal entretenues, emmailloté comme un enfant dans sa robe de chambre, François écoute cet air composé par Casimir Oberfeld. Il ne sait pas qu'en ce matin de décembre le musicien a été déporté vers Auschwitz. Avec lui, à bord du train, un rabbin, son épouse et sa petite fille Myriam, et des cousins de Pierre Mendès France. François éteint la radio. Une vague de mélancolie l'enveloppe et l'écrase à nouveau. Jeanne ne sort pas de son esprit. Pourquoi n'a-t-il pas su la retenir ? Il a tenté de contacter Marie

Bell pour savoir où Jeanne s'était réfugiée. Mais en vain. Elle est avec Edgar, c'est certain.

Il saisit un journal sur le haut de la pile que Gabrielle lui a apportée hier. Depuis son accident, les jours s'écoulent, indistincts les uns des autres. Les médecins de la Salpêtrière s'emploient à réparer son genou.

Aux deux petits coups secs tapant à la porte, François reconnaît la présence de son ami Antoine. Le visiteur rapproche une chaise du lit blanc. D'un ton enjoué, il demande rapidement des nouvelles de Gabrielle et de Jean-Philippe avant de commencer à commenter l'actualité. François se redresse sur son lit. Il observe son ami dont les cheveux gris mangent le front. De fines ridules sont apparues au coin de ses yeux. Il est indéniable que ces dernières années l'ont usé lui aussi.

Antoine annonce qu'un nouveau remaniement est à prévoir. Depuis la venue de l'ambassadeur allemand Abetz à Vichy, le maréchal Pétain se trouve totalement sous la surveillance allemande.

« Ça sent le roussi, mon ami », conclut-il.

Une infirmière entre pour prendre la température de François. Une bouche pulpeuse, deux jolis seins ronds qui pointent sous sa blouse blanche. Antoine ricane en voyant que le pensionnaire de l'hôpital a réenclenché son sourire enjôleur dès l'entrée de cette femme dans la pièce.

« Bah, tu vois mon vieux, tu ne te portes pas si mal », le charrie-t-il.

Quelques jours plus tard, dans le courrier qui lui est transmis comme chaque jour depuis la Rue de Rivoli, François reconnaît l'écriture serrée et épineuse de Jeanne sur une enveloppe couleur crème. Son cœur s'emballe. Il s'érafle l'index en décachetant l'enveloppe. Une goutte de sang se met à perler sur son doigt.

Dès les premières lignes, son cœur s'apaise. Dans les verbes, les adjectifs et les tournures choisies, il entend la voix de celle qui le désire encore. Son soulagement est immense. Elle lui annonce qu'elle est revenue à Paris, qu'elle veut le voir. Elle est inquiète pour lui. Elle l'appelle « mon amour ». François relit dix fois sa lettre. Le lendemain, le médecin chef lui annonce sa sortie prochaine. Il pourra fêter la Saint-Sylvestre en famille avec Gabrielle et Jean-Philippe.

Le 31 décembre au matin, François range ses pyjamas et ses romans policiers dans sa valise. Une idée de Gabrielle pour le distraire. Il fait tamponner son bon de sortie par une secrétaire et s'apprête à passer la porte d'entrée quand des sirènes du quartier se mettent à retentir puissamment. Ce son strident et hideux auquel il n'a jamais pu se faire lui déchire les tympans.

Il lève la tête vers le ciel. Des bombardiers fendent le ciel pommelé. Il les voit nettement se diriger vers le sud de Paris.

Où vont-ils frapper ?

Il suit mécaniquement une colonne de passants qui se pressent vers un immeuble dont les deux battants de porte sont ouverts en grand. Au fond d'une cave, sans échanger avec personne, il patiente deux heures durant, en ruminant ses pensées. Une fois le danger éloigné, il ressort de son abri. Il avale une grande bouffée d'air frais. Il aimerait fumer une cigarette. Le médecin le lui a formellement interdit. Il doit se sevrer et faire preuve de volonté.

Sa petite valise à la main, François marche d'un bon pas. Son genou est encore fragile mais ça tient. Il décide donc de poursuivre son chemin à pied. Quelques bicyclettes soulèvent de la poussière sur le bitume. À hauteur des quais, sous les rayons rasants du soleil, l'eau de la Seine scintille. Il songe à Jeanne, avec cette joie rêveuse que suscite la pensée de l'amour. La flèche de Notre-Dame pointe vers le ciel.

Il passe le Châtelet et remonte vers le Louvre. La Rue de Rivoli apparaît enfin.

Il rejoindra son bureau à la direction de l'Économie générale dès le lendemain du réveillon, décide-t-il.

Il veut vivre désormais avec Jeanne. Être enfin sur son chemin. Cette fois, il veut la choisir elle. Malgré les risques qu'il encourt et le qu'en-dira-t-on, il est résolu à vivre pleinement sa vie. Ce sera avec elle.

Place de la Madeleine, la fatigue le gagne. Il s'engouffre dans une bouche de métro. Avant de regagner le domicile familial, square du Rhône, il veut faire un détour par le Sacré-Cœur. Pour prier.

François pose sa valise dans l'entrée, où trônent deux bibliothèques en merisier. Ses livres de Marcel Proust sont toujours disposés dans le rayonnage du haut. Une gravure, représentant un navire de guerre du XIXe siècle, est accrochée au mur qui jouxte le séjour.

Arrivant de la cuisine à pas pressés, Gabrielle lui saute presque au cou. Elle a tant attendu. Elle s'est sentie tellement seule pendant ce mois de décembre. En plus du petit Jean-Philippe, elle a dû s'occuper de sa mère qui est âgée et malade. Depuis le décès de son père, survenue l'été précédent, Gabrielle a du mal à faire face. Son père était un roc pour elle. Il est mort, alors qu'il examinait un patient. À son enterrement, l'église Saint-François-de-Sales était pleine. Tout le monde n'a pas pu s'asseoir à l'intérieur. Les grandes orgues crachaient un concerto de Bach.

Tandis que Gabrielle appelle leur fils, François considère l'allure de sa femme : elle porte une robe grise à manches longues et col en V. Trop grande, juge-t-il. Le vêtement flotte au niveau des épaules et de la taille. François se pose dans l'un des deux fauteuils club dont il flatte de la paume le cuir. Gabrielle s'était extasiée devant ce modèle quand ils l'avaient vu dans la vitrine d'un brocanteur. Ces sièges furent leur première acquisition commune.

Jean-Philippe entre dans le salon. Pour ses 10 ans, il est grand et frêle. Il n'a rien d'un va-t-en-guerre braillard mais est plutôt gauche dans son attitude. Ses cheveux ont été coupés pour les fêtes. Il se plante comme un piquet devant son père. François l'embrasse sur le front.

Aussitôt Jean-Philippe retourne jouer dans sa chambre. Il n'est pas à l'aise avec son père. Il le voit si peu. Avec son air sérieux d'homme important, il l'effraie presque. Assis devant son bureau d'écolier, le petit allume sa mappemonde. Il est fasciné par la diffusion de la lumière chaude qui éclaire tous les continents. Il fait tourner le globe sur lui-même. Et rêve aux pays qu'il pourra visiter quand il sera plus grand. Quand la guerre sera finie.

Devant Gabrielle, François allume une cigarette. Il va droit au but. Ce soir, pas de chemins détournés ni de circonvolutions inutiles : « Je ne serai pas avec vous pour le réveillon de fin d'année. On m'attend. »

Après un moment de silence, Gabrielle retourne dans la cuisine préparer le repas. Elle est triste. Elle enrage mais se contient. François éteint sa cigarette dans un cendrier et passe quelques coups de fil. En début de soirée, il quitte l'appartement.

Lorsque la porte claque, Jean-Philippe sursaute. Il vient demander à sa mère où part son père. Courageusement, Gabrielle lui explique la situation.

« Cela ne change rien à l'immense amour que j'ai pour toi, mon enfant », lui susurre-t-elle.

Gabrielle tient ferme même si les larmes lui montent aux yeux. Elle va chercher sa mère dans sa chambre. La vieille dame n'est plus autonome. Depuis la mort de son mari, son regard bleu opalin s'est éteint, son esprit est confus. Elle se cramponne au bras de sa fille, qui l'aide à prendre place autour de la table ronde de la salle à manger. Le couvert de François a été retiré.

On prononce un bénédicité. Dans sa tête, Gabrielle implore Dieu pour que son mari revienne. Le repas est morne, seul Jean-Philippe achève son dessert avec gourmandise. Pas une trace de crème faite avec du lait en poudre laissée dans son assiette en porcelaine rose. Gabrielle s'était démenée pour confectionner un dessert qui aurait dû faire la joie de toute la famille. Elle n'y a pas touché. Après avoir essuyé et rangé la vaisselle, on se souhaite une bonne année. Alors que sa mère et son fils sont couchés, Gabrielle range l'appartement – François a oublié un paquet de cigarettes. En faisant la vaisselle, elle finit par craquer et pleure à chaudes larmes.

Une semaine plus tard, François repasse square du Rhône, il trouve l'appartement vide. Rien des livres sur les étagères, rien des lourds rideaux aux fenêtres, des fauteuils club et de la commode Louis XV du salon posés sur le parquet à chevrons. Gabrielle a tout emporté pour partir vivre dans un autre appartement appartenant à sa famille. Reste le lit conjugal. Une paire de draps blancs brodés à leurs initiales est posée sur le matelas.

19

ANNÉE VIRAGE

Il y a des dates dans l'histoire qui marquent des ruptures, où le lot d'événements qui les accompagne percute les vies. À un choc violent en répond un autre, plus intime, plus sensible. L'année 1943 représente le tournant de la guerre. Une période charnière. L'Allemagne capitule à Stalingrad et se retire d'Afrique du Nord. Les Alliés débarquent en Sicile. Alger se déclare capitale de la France libre. Le gouvernement de Vichy continue de s'enfoncer dans le déshonneur. Blum, Daladier et Reynaud sont livrés à l'Allemagne. Les convois vers les camps se succèdent à une cadence infernale.

L'année 1943 constitue aussi un virage pour ma famille. À 35 ans, ma grand-mère est quittée par trois des hommes de sa vie. Son père Louis meurt brutalement. Son frère Albert le suit dans la tombe quelques mois plus tard. Son mari, enfin, la quitte pour Jeanne.

Comment se construire avec des figures masculines qui peuvent vous lâcher alors qu'elles sont censées vous protéger et vous élever? Comment ne pas être envahie par la colère? Parfois, j'ai l'impression de flotter, de ne pas tenir debout dans ma vie. Des crises de panique s'emparent de moi, à intervalles réguliers. Ma grand-mère a-t-elle éprouvé ce vertige?

En cours de philosophie, un extrait de la Seconde méditation, *de René Descartes, commenté par notre professeur m'avait marquée. C'était le passage sur le doute radical. « Si rien ne tient, qu'est-ce qui pourrait tenir? » demandait notre professeur. En prenant des notes sur mon grand cahier Oxford rouge, j'avais envie de répondre : peut-être l'écriture.*

Lâchée par Louis, François et Albert, Gabrielle jure alors fidélité devant le Christ. Je ne lui ai jamais connu un autre homme à ses côtés.

Jean-Philippe devient aussi l'autre pilier de sa vie. Elle le couve, le façonne et l'étouffe.

Gabrielle veut ordonnancer la vie de son fils. À la sortie de ses études à Sciences Po, elle voudrait qu'il devienne prêtre : « Pour effacer la faute de ton père », lui dit-elle.

De quelle faute parle-t-elle? D'avoir servi Vichy ou de l'avoir trompée? Toute la culpabilité judéo-chrétienne énoncée en quelques mots. Péché originel, interdiction, réparation. Un pur concentré de mauvaise conscience occidentale.

Jean-Philippe ne va pas supporter le séminaire. Trop austère. Trop vide. Il n'a pas envie de renoncer au plaisir des sens. Gabrielle lui assène qu'elle va lui « trouver une épouse ». Il rencontre Marguerite à l'aumônerie de Sciences Po. Et il va aimer d'autres femmes. En secret.

20
LA COMPAGNIE DES ROUTIERS
Septembre 1944

François allonge ses jambes et déboutonne le col de sa chemise. Il prend place dans le fauteuil du salon du nouvel appartement que Jeanne a acheté rue Édouard-Detaille, dans le 17e arrondissement. L'argent de son père a pourvu à cet achat. Quelques livres traînent sur la table basse. Des polars et des revues. Dimanche, fin d'après-midi, un air encore chaud de la fin d'été se faufile par la fenêtre entrouverte.

Tant d'événements se sont enchaînés depuis le débarquement des Alliés en juin. François se repasse le film dans sa tête. Le 17 août, le gouvernement est tombé. Laval est parti de l'hôtel Matignon dans une voiture de la Gestapo. Les Allemands ne lui ont pas donné le choix. Après l'heure du couvre-feu, sous un ciel vaguement étoilé, les uns dans des véhicules civils, les autres dans des voitures de l'ambassade d'Allemagne, ses ministres l'ont suivi. Direction gare de Lyon pour regagner Belfort.

Personne ou presque n'a assisté à ce spectacle désolant sur un boulevard Saint-Germain désert. Quelle débâcle ! Au fond de leurs voitures, les ministres avaient perdu de leur superbe, semblables qu'ils étaient à de vulgaires voleurs pris la main dans le sac. La peur se lisait sur leurs visages mal rasés. Quelques-uns comme le ministre de François, Pierre Cathala, n'en étaient pas. Il a pu s'échapper. Celui-là a toujours été un malin qui trouve comment se tirer d'affaire. C'est ce que François pense de lui. Mais jusqu'à quand ? Il se lève pour aller se servir un verre. Les bouteilles de whisky reposent dans une belle armoire vitrée.

Ces derniers jours, il a vu le chaos s'emparer des ministères. Ce sont des secrétaires généraux ou d'anciens directeurs qui sont chargés d'assurer l'intérim du pouvoir administratif. À partir du 18 août, René Courtin endosse ce rôle pour les affaires économiques. On sait qu'il est un résistant. Le vent est en train de tourner.

François pressent que Courtin ne l'apprécie guère. Il marche sur des œufs, se sent épié dans ses moindres gestes. Après qu'il lui a présenté les contrôleurs financiers, Courtin a griffonné dans son carnet de notes : « Manque de tact de ce dernier qui maintient le tutoiement aux réunions officielles. » Les deux hommes ne sont pas de la même trempe. Courtin est keynésien. François est sur une ligne plus orthodoxe. Courtin n'est pas inspecteur des Finances, mais un économiste. Professeur d'université à Montpellier, il n'a pas prêté serment de fidélité au régime de Vichy. Avec notamment Marc Bloch et Claude Lévi-Strauss, il a créé le mouvement de résistance Liberté, qui deviendra Combat en 1941.

En lampant une nouvelle gorgée de whisky, il tente de se rassurer : Courtin pourrait demain le mettre sur le banc des accusés. Mais non, Courtin a besoin de lui.

Dans les jours qui suivent, tout s'accélère encore. Le 24 août, les chars de la 2ᵉ DB pénètrent dans Paris au son des cloches de Notre-Dame. Le 25 août, le général von Choltitz remet au général Leclerc sa lettre de capitulation devant la gare Montparnasse. Le 26 août, après s'être recueilli devant la tombe du soldat inconnu, le général de Gaulle est accueilli en sauveur sur les Champs-Élysées. Le temps est sublime. Les Parisiens sont en liesse. Les corps exultent. Dans les cortèges, on danse et on crie de joie. François se mêle à la foule pour éprouver par lui-même cette ferveur. Une femme lui lance l'accolade. Il l'enlace un instant, se plaît à l'idée de l'embrasser.

À voir les Allemands fuir la capitale, il a senti qu'un étau se desserrait sur son cœur. Il ne se réveille plus le matin avec un sentiment d'angoisse. Malgré la liesse de la foule, le danger demeure présent. Roland Dagnicourt, directeur du Budget, est touché par une balle perdue alors qu'il se penchait du balcon de son bureau de la rue de Rivoli. Accident ou exaction ? La joie de la foule cache aussi chez certains un sentiment de hargne.

Le soir, il retrouve Jeanne. Elle irradie chaque jour davantage. Entre eux, les disputes ont cessé mais demeure le litige sur le divorce. François a quitté Gabrielle mais il reste marié. Jeanne le presse d'agir. Mais rompre un mariage au sein d'une famille catholique n'est pas évident. Et les règles édictées par Vichy prévalent encore. Elles disent que la séparation entre époux est nocive car elle peut affecter les « forces morales et physiques de la nation ».

Ce soir, il espère un coup de téléphone important. Pour tromper l'attente, il attrape une cigarette dans un paquet qu'il planque au fond du tiroir de son bureau. Il ne peut pas résister. C'est la première de la journée. Sa chienne Lola entre dans le salon. Elle monte sur ses genoux. La chaleur de l'animal le réconforte.

Aimé Lepercq est au ministère des Finances et Pierre Mendès France, à l'Économie nationale. Mendès France entend rétablir le franc et bloquer les prix et les salaires. Un choix économique qui ne plaît pas à tout le monde au sein du Conseil national de la Résistance. Roger Goetze, inspecteur des Finances passé en Algérie en 1942, est son directeur de cabinet. Il a dû s'entourer de gens compétents. Comme François, qu'il a maintenu à la direction de l'Économie générale et de la Coordination économique au ministère de l'Économie nationale. Goetze le connaît, il a confiance.

François a sauvé sa peau. Pour le moment.

Le Général veut limiter les bouleversements dans les services et garder en poste ceux qui connaissent la machine administrative. On a trouvé un bureau pour François au rond-point des Champs-Élysées, la maison des chocolats Menier. La Croix-Rouge allemande s'y était établie. Les conditions de travail sont spartiates, voire rudes. On manque de tout.

Il sait bien qu'un processus d'épuration administrative a été mis en place au sein des ministères. Et il se sait concerné au premier chef. Quand il y pense, il essaie de garder la tête froide. Compter sur des alliés, manœuvrer agilement, agir au bon moment, il connaît. Ses hautes responsabilités dans la fonction publique l'ont aguerri. En cas d'attaque, il saura se défendre. Il espère pouvoir compter sur des soutiens.

Mais le programme du Conseil national de la Résistance, qu'à force d'avoir lu il connaît par cœur, est sans appel pour des gens comme lui. Adopté en mars 1944, il stipule le « châtiment des traîtres et [...] l'éviction dans le domaine de l'administration et de la vie professionnelle de tous ceux qui auront pactisé avec l'ennemi ou qui seront associés activement à la politique des gouvernements de collaboration ».

L'ordonnance du 27 juin 1944 permet d'inquiéter ceux qui ont « favorisé les entreprises de toutes natures de l'ennemi », ceux qui ont « contrarié l'effort de guerre et des Alliés notamment par des dénonciations », ceux qui ont « porté atteinte aux institutions constitutionnelles ou aux libertés publiques fondamentales » et ceux qui ont « sciemment tiré ou tenté de tirer un bénéfice matériel direct de l'application de règlements de l'autorité de fait ». L'article 2 précise que tous les fonctionnaires ou agents publics peuvent être visés.

Heureusement, les hauts fonctionnaires du ministère des Finances et de l'Économie se dépêchent d'organiser leur procédure d'épuration. Il leur faut garder la maîtrise de leur destin. Pas question de tomber sous la coupe des communistes intransigeants des comités de libération qui demandent la suspension de tous les directeurs du ministère. François a vu ses collègues s'insurger contre cette mesure outrageante, inacceptable et même impensable.

Pour le ministère des Finances et de l'Économie nationale, seul le ministre sera habilité à statuer en dernier ressort sur les faits reprochés aux secrétaires généraux, aux directeurs et autres chefs de service… On jugera au cas par cas avec un jury tournant. Ce n'est pas à proprement parler un comité d'épuration.

François compte en particulier sur la protection de François Bloch-Lainé, directeur de cabinet du ministre des Finances Aimé Lepercq.

Bloch-Lainé, juif par sa grand-mère paternelle et lointain parent de Blum, connaît bien Jacques Barnaud. Il lui a trouvé son premier poste en 1940, à la Production industrielle. Mais une enquête de l'appareil industriel pour le compte des Allemands l'a fait virer de bord. Bloch-Lainé s'est retrouvé volontairement à la comptabilité publique – un vrai placard administratif – durant la guerre alors que son titre d'inspecteur des Finances lui aurait permis de viser bien plus haut. Puis il a rejoint les réseaux de la Résistance. Il fait partie du jury d'honneur qui rendra un jugement sur le cas de François.

C'est justement un coup de téléphone de Bloch-Lainé qu'il attend ce soir. Que lui dira-t-il ?

Lui parlera-t-il des listes nominatives d'inspecteurs susceptibles de radiation établies par André Fayol, un autre inspecteur des Finances ? Car même si l'Inspection sait faire corps, certains ont décidé de faire le ménage dans les rangs.

Qui sera sur ces listes ? Douffiagues ? Il y a des chances. Pour sa part, François n'a pas commis de faute majeure pouvant valoir une expulsion de l'inspection des Finances ou des sanctions. Du moins c'est l'argument auquel il s'accroche.

Et puis avec Bloch-Lainé et Fayol, il a un lien. Une petite pièce de théâtre qu'il a écrite dans le temps, quand il se piquait de littérature. *C'était l'histoire. Fantaisie à peine espagnole* a un petit parfum de *Six personnages en quête d'auteur*, de Pirandello. En plus enfantin et moins brillant, il en est conscient, mais il est fier que *sa* pièce ait été préfacée par Bloch-Lainé et qu'André Fayol en ait composé la musique.

C'était du temps où Bloch-Lainé était administrateur de la Compagnie des comédiens routiers, fondée au sein du scoutisme par Léon Chancerel. On défendait un théâtre populaire dans la tradition du tréteau ambulant. Les pièces ? D'aimables arlequinades mais aussi des mystères dont le public raffolait ou encore des paraboles bibliques qui se voulaient joyeuses comme ce *Paix sur la terre. Noël routier*, première pièce que François composa mettant en scène dans un décor de crèche anges, maîtres, esclaves, moutons et bergers.

La sonnerie du téléphone retentit. Il sait que son futur se joue maintenant. Il laisse passer deux sonneries avant de décrocher fermement le combiné.

« Allô, François ?

— Oui, François. »

Ce petit jeu lorsqu'ils s'appellent ou qu'ils se croisent les a toujours fait rire. Le début de l'échange est très amical. C'est de bon augure.

Entre le 20 novembre 1944 et le 22 novembre 1945, trois inspecteurs des Finances seront condamnés devant la Haute Cour, dont Jacques Barnaud, et deux par contumace en raison de leur responsabilité politique. En vertu de l'épuration administrative, huit inspecteurs sont révoqués sans pension, trois subissent des sanctions légères, un perd l'honorariat et trois anciens sont radiés de l'annuaire de l'Inspection.

François n'est pas inquiété. Comme pour la majorité de ses condisciples, on estime que sa tâche administrative sous l'Occupation était plus technique que volontairement décisionnaire. Il a défendu comme il le pouvait les intérêts français face à l'occupant. Les directeurs d'administration centrale « n'étaient pas des créatures de Vichy », souligne le rapport Fayol.

Il est maintenu à son poste de directeur au ministère de l'Économie nationale jusqu'en 1946. Après son départ, le ministère de l'Économie nationale est absorbé par le ministère des Finances. Sa direction disparaît de l'organigramme.

21

UNE POCHETTE BLEUE ET UNE POCHETTE ROSE

Le RER D marque l'arrêt à Savigny-le-Temple. Je traverse un rond-point sans âme comme il en pullule dans les villes nouvelles. Le Centre des archives économiques et financières se situe à quelques centaines de mètres plus loin, au 471 de l'avenue de l'Europe, en face du conseil départemental de Seine-et-Marne. Le tout forme un agrégat de huit bâtiments de béton, posés les uns à côté des autres de façon rectiligne.

Selon le site du ministère des Finances, je serais face à une architecture visant une forme d'abstraction jouant d'un geste poétique. Celui-ci m'échappe. Je pense davantage à une réalisation lorgnant du côté du fascisme italien avec sa pointe moderniste et son côté monumental.

Tout un pan de notre histoire administrative est conservé ici, sur les 62 kilomètres d'étagères, y compris le dossier de mon grand-père.

Peut-être aurais-je dû commencer mes recherches par là ? Mais non. Mon enquête devait se dérouler autrement, par à-coups, par intuitions, par recompositions. Me voici maintenant face à la vérité administrative du cas de François. Une vérité nue.

Avant qu'elle ne se dévoile, j'ai dû néanmoins montrer patte blanche et justifier précisément de mes recherches car dans un premier temps il me fut retourné qu'en vertu du livre II du Code du patrimoine les documents souhaités « n'étaient pas encore librement communicables ». Tout document relevant du régime de Vichy fait encore preuve d'une communication très restreinte. L'État ne livre pas aisément ses secrets.

Après avoir erré sur un parking, je pénètre dans l'établissement par une petite porte. Je n'ai pas trouvé l'entrée principale. Comme si je devais encore passer par un accès dérobé pour mener mon enquête, la petite et la grande histoire réunies au sein de ce bâtiment m'apparaissant trop intimidantes.

Un homme en tenue d'ouvrier me conduit jusqu'à l'escalier principal. À l'étage, je découvre une salle de lecture ornée de grandes baies vitrées. Elle est désespérément vide.

Les consignes qui m'ont été données sont strictes. J'ai la possibilité de consulter le dossier de mon grand-père et de prendre des notes mais pas de photos.

Un magasinier vient à moi en poussant un chariot métallique qu'occupe un dossier de couleur marron. Je le manipule avec la plus grande précaution. La chemise en carton répond à la cote 305-2 et PH 169/93 C 5. Je la palpe, la soupèse. L'intérieur de la pochette en contient deux autres : une rose et une bleue. Cela me fait sourire. Je saisis la rose en premier. J'y découvre toute une somme d'informations administratives relatives à la vie de mon grand-père. Son état civil complet, ses dates et lieu de naissance, son numéro de Sécurité sociale, les copies de ses diplômes, plus toutes sortes de documents tamponnés dans tous les sens, comme une demande manuscrite de sa part pour un congé de vingt jours en vue de son voyage de noces. Ce qui m'émeut. Elle date de mai 1930. Il prend le temps d'aimer. Enfin le fait-il croire à ses supérieurs.

Vient un document plus surprenant daté du 19 août 1982, trois ans après le décès de mon grand-père et un an après celui de Gabrielle. C'est une demande de Jeanne réclamant une revalorisation de sa pension de réversion. J'ai les chiffres précis sous les yeux : ma grand-mère Gabrielle recevait une pension de 2 348,45 francs, Jeanne de 4242,37 francs. Je comprends qu'entre les deux femmes la guerre a continué longtemps. Même après la mort de Gabrielle. Jeanne veut François pour elle seule.

Dans la pochette bleue sont consignées avec minutie les grandes étapes de la vie professionnelle de François. Tous ses états de service sont récapitulés sur un feuillet tapé à la machine qui forme un tableau divisé en trois colonnes. La première est titrée « Décrets, arrêtés, décisions », la deuxième « Effets », la troisième « Positions et situations diverses ». C'est net. Une vie toute de chair et de sang résumée en trois colonnes.

Je scrute les dates de près qui correspondent aux titres relatifs, à ses différentes fonctions, à ses changements de grade. L'administration a aussi son armée de soldats. D'inspecteur 4ᵉ classe, il termine au rang d'inspecteur général des Finances. Côté distinctions, une décoration d'officier de la Légion d'honneur en 1954, une médaille du Mérite en 1965.

Au total, la vie professionnelle de mon grand-père a fait l'objet de quinze arrêtés (notifiés A) et de trois décrets (notifiés Dt). Je remarque que les mots « réintégré » ou « détachement » reviennent à plusieurs reprises, rappelant que l'administration est un corps, ou plutôt une grande famille. On s'en écarte pour mieux y revenir, mais sans jamais couper le cordon. L'administration française peut être sévère comme un père qui tance, et bonne mère qui console ses enfants.

Enfin, en 1970, François prend sa retraite. Pour le remercier de ses bons et loyaux services, Valéry Giscard d'Estaing, alors ministre de l'Économie et des Finances, lui fait parvenir une lettre. Huit ans plus tard, le même VGE nommera l'ancien préfet Maurice Papon ministre du Budget. Je déplie la missive. Il y est écrit :

« Je tiens à vous exprimer toute ma reconnaissance pour les éminents services que vous avez rendus à l'État tout au long de votre carrière. Je suis heureux de vous faire savoir qu'afin de consacrer les mérites éminents avec lesquels vous avez toujours servi l'État, j'ai particulièrement tenu à demander au président de la République de vous confier l'honorariat dans le grade d'inspecteur général des Finances. »

En refermant le dossier, je n'arrive pas à lutter contre les larmes qui montent en moi, seule au milieu de la grande salle design du beau bâtiment des Archives économiques et financières de Savigny-le-Temple, certainement primé à un concours d'architecture.

22
MILOU ET SES FOSSILES
Avril 1973

Le facteur sonne à la porte d'une belle bâtisse bourgeoise, à Salucée, dans l'Essonne. En robe grise et tablier blanc, Marie-Thérèse, qui est au service de monsieur et madame depuis leur emménagement, saisit de sa main potelée les quelques lettres et journaux qu'elle va s'empresser de déposer sur le bureau du rez-de-chaussée.

Ouvertes en grand, ses fenêtres donnent sur la terrasse. Les lis blancs embaument l'air matinal. Sur la pelouse, des mélèzes et des chênes centenaires dominent le parc, constitué d'un petit étang, d'une bambouseraie, d'un pigeonnier, d'une petite chapelle et d'une orangeraie. Un vrai modèle d'inspiration pour des peintres impressionnistes. D'humeur capricieuse, le soleil joue à cache-cache avec les nuages. Parfois le bruit d'un avion volant au-dessus d'Orly tout proche rompt la quiétude du lieu. Autour ce ne sont que champs et collines douces. On pourrait se croire au siècle dernier.

À 20 kilomètres de là, à Paris, ça s'agite. Après les élections législatives de mars 1973 qui ont donné la droite gagnante, le Premier ministre Pierre Messmer se succède à lui-même. Joe Dassin chante « La complainte de l'heure de pointe » et Jean Eustache scandalise avec *La Maman et la Putain.* Le jeune Valéry Giscard d'Estaing poursuit son ascension vers l'Élysée. Il devra affronter quelques mois plus tard le premier choc pétrolier. À l'hôtel Majestic, là même où les Français essayaient de défendre les intérêts économiques de la France face aux nazis, sont signés les accords de paix ramenant la paix au Vietnam.

François descend les escaliers. Comme tous les matins, il arbore un costume bien repassé. Pas question de se laisser aller. Il lui importe de tenir son rang. Même à la retraite, il demeure haut fonctionnaire d'État. Une calvitie découvre désormais le haut de son crâne. Ses beaux cheveux châtains sont devenus rares et ses yeux bleu délavé expriment une certaine mélancolie. Il rejoint son bureau, comme s'il était installé encore Rue de Rivoli et si une longue journée de labeur l'attendait.

La vaste pièce est habillée de tentures vénitiennes. Sur les étagères on trouve beaucoup de livres anciens sur la musique. Dans un coin, un joli coffre en bois de style ottoman contient quelques très bonnes bouteilles de whisky. Longtemps que François ne fume plus. Mais boire est un plaisir et une habitude dont il ne peut se passer.

Il passe en revue le courrier que Marie-Thérèse vient de lui apporter. La plupart des missives rejoignent directement la petite poubelle métallique placée sous son bureau.

Il conserve un ou deux journaux et s'installe dans un fauteuil en velours bordeaux jouxtant un piano demi-queue. Jeanne l'a fait venir de leur appartement parisien. Elle ne s'en est jamais séparée. C'est un cadeau de son père. À sa mort, en 1948, Paul Seban-Ribes a légué à sa fille une somme rondelette avec laquelle elle a pu acquérir La Maison des lis. Elle peut y mener la vie de grande bourgeoise dont elle a toujours rêvé. Depuis 1955, François a acheté le bout de terrain de plus d'un hectare au fond du parc. Un petit ruisseau, comme un trait d'union, fait le lien entre les deux parcelles. Il réunit deux vies et deux histoires.

François a réussi à divorcer de Gabrielle et s'est uni à Jeanne en 1951, à la mairie du 8e arrondissement. Quelques invités triés sur le volet ont assisté à la cérémonie : des hauts fonctionnaires dont le fidèle Antoine Merlin et l'actrice Marie Bell, témoin de mariage.

*

Par un jour d'automne, je décide de louer une voiture pour aller visiter La Maison des lis. Je manque la sortie d'autoroute de Salucée. Et tourne un peu avant de retrouver mon chemin. Sur place, des voisins me renseignent. Oui, c'est bien cette maison. Ils se souviennent de Jeanne, qu'ils appelaient « la Grande Dame ». Ils gardent le souvenir d'une femme généreuse.

En préambule à ma visite, j'avais réussi à contacter les propriétaires. Ils étaient sur le point de revendre la maison. J'ai la chance de pouvoir visiter les lieux avant la vente. Pour la petite fille de François, c'est bien normal, m'ont-ils dit.

La maison, composée d'une vingtaine de pièces, est vaste. Les arbres centenaires sont toujours là. Le piano demi-queue du salon encore en place. Progressant dans le parc, sur l'herbe moussue, il me revient que je suis déjà venue ici. Un jour avec ma mère, mon père et sans doute une de mes sœurs, nous étions allés rendre visite à mon grand-père. J'entends encore le babil de la petite rivière qui coule plus bas. La belle prestance de cette maison m'impressionne.

Quelques souvenirs me reviennent. La chaleur de l'été dans le jardin, le papier peint désuet ornant les couloirs de la maison, une grande terrasse en pierre blanche qui aurait pu faire un beau terrain de jeu pour des enfants. Sans doute qu'un ou une domestique nous avait servi à ma sœur et moi une orangeade sous la pergola recouverte de glycines.

Que s'était-on dit ? Quand il s'agit de souvenirs d'enfance, il faut se méfier. On ne sait pas quelle est la part d'illusion. Mon grand-père et mon père avaient dû vraisemblablement parler de politique. La passion de l'un s'était transmise à l'autre. Vêtue d'un simple chemisier blanc et d'une longue jupe bleu marine, Jeanne n'était plus la femme fatale qu'elle avait dû être. On ne l'avait presque pas vue ce jour-là. Ma mère portait une robe trapèze à fleurs. Mon grand-père l'avait provoquée : « Alors Marguerite, rassurez-moi, vous n'êtes pas encore enceinte ? »

Il avait lancé sa pique sur un ton de blague. Une blague de mauvais goût qui trahissait son rapport compliqué aux enfants et à sa descendance. Mon père ne rentra pas dans son jeu. Il laissa couler. C'était juste une visite de politesse. On n'était pas restés longtemps.

Quand papa a sonné le départ, ma sœur et moi avons salué tout le monde poliment et avons retraversé la maison pour rejoindre notre Renault 5 blanche. C'est ma mère qui conduisait. Mon père n'avait pas le permis. De la fenêtre de l'habitacle, nous avons adressé un signe d'au revoir un peu convenu à François. Jeanne était restée à la maison. J'avais 6 ans.

C'était un adieu.

Nous ne sommes jamais retournés à Salucée.

*

Comment François a-t-il pu évoluer dans la fonction publique ? À bien regarder, les choses sont complexes. En quittant la direction de la Coordination économique le 1er septembre 1946, il retombe dans une sorte d'anonymat. Surtout ne pas lui donner de hautes responsabilités. C'est à partir de 1949, quand les passions ont commencé à se calmer, qu'il retrouve un poste à sa hauteur. Il renoue avec la marine marchande, en devenant vice-président de la Compagnie des messageries maritimes. Une grande entreprise française de transport, dont l'histoire se confond avec celle de l'empire colonial et qui a été durement frappée par la guerre. On doit encore faire appel à ses services de bon technocrate : les Messageries viennent d'être nationalisées et cherchent à reconstituer leur flotte, qui, outre les marchandises, emmène parfois à son bord les troupes de l'armée française en Algérie et en Indochine. Et des exilés. Jeanne est d'ailleurs la marraine de l'*Iraouaddy II*, un navire nouvellement construit et qui porte le nom d'un fleuve birman. Le jour de sa livraison sur les chantiers de La Seyne, ils se sont déplacés tous les deux de Paris. François se souvient encore de l'air fier de Jeanne à la vue de cette masse en acier, luisante, le long du quai. Il en avait rougi. Quelques mois plus tard, le bateau fendait les eaux et mettait le cap vers l'Australie.

Mais à partir de 1964, un certain monsieur P. prend sa place. Un camouflet sans doute pour lui car son remplaçant n'est même pas inspecteur des Finances. On le pousse quand on a besoin de lui, on le rétrograde ou on l'écarte quand un candidat plus vertueux se présente. Une façon comme une autre de lui faire payer son passé.

Jusqu'à sa retraite en décembre 1970, François a attendu un appel qui n'est jamais venu. Peut-être de

Bloch-Lainé, qui a poursuivi une belle carrière à la direction de la Caisse des dépôts et consignations, enfin à la tête du Crédit lyonnais. Mais il ne s'est rien passé. François est resté immobilisé dans sa mission de contrôle financier d'EDF et de GDF, dont il a pris la charge en 1954. Un rang convenable mais non décisionnaire. Il ne participe plus à la reconstruction de la France. Son temps est passé.

À Salucée, c'est un défilé de jours éteints. Les souvenirs ont pris le pas sur le présent. Du temps où un chauffeur venait le chercher à son domicile pour le conduire Rue de Rivoli. Les dîners en ville se sont faits rares. Les appels des anciens collègues de travail aussi.

Il n'entend plus très bien. Son monde se rétrécit. Il n'accepte pas son présent, sa vieillesse. Et pas plus son passé. Aurait-il tout raté ?

Même son amour pour Jeanne s'est effiloché comme un tissu fatigué par l'usure du temps. La jouissance n'est qu'éphémère. La vie de couple finit de nouveau par l'étouffer. Chaque soir, il avale d'une traite son premier verre de whisky. Selon l'humeur il en aligne d'autres. Ou pas.

Il pense à la mort aussi. Qu'il s'efforce de regarder en face. De l'équipe de La Popote, quelques-uns manquent à l'appel : Pierre Pucheu a été fusillé en 1944, Gabriel Le Roy Ladurie, un temps directeur de la banque Worms, s'est éteint en 1947. Paul Marion en 1954. Jacques Barnaud, qui a repris après-guerre son poste d'associé-gérant de l'Institut bancaire, est décédé en 1962. Hippolyte Worms est mort la même année.

Il a un nouveau chien qui fait sa joie. C'est Milou, un cocker vigoureux au pelage roux. Il a remplacé Lola. Avec Milou, il s'aventure sur les chemins bosselés de la région, d'où il aime contempler la nature ordonnée des champs labourés. Il lui a même trouvé un jeu. Milou doit dénicher des fossiles dans la terre grasse ou sous la roche nue. L'animal s'exécute avec joie, à la grande satisfaction de son maître. Ces échappées dans la campagne le distraient. Elles lui rappellent celles de son enfance à Montivieux.

La présence de Marie-Thérèse égaie ses journées. Avec ses joues roses, ses pommettes hautes, sa constitution robuste de bonne fille bretonne, elle le rassure. Si elle porte le prénom de sa tante chérie, elle lui rappelle plutôt sa sœur adorée, Berthe, morte avant-guerre. Elle est aussi un peu la fille que François et Jeanne n'ont jamais eue.

Quand Marie-Thérèse a fini son service vers 22 heures, il l'entend rejoindre à pas feutrés sa chambre au deuxième étage, où elle lit quelques pages d'un livre prêté par monsieur ou par madame. Elle récite un Notre Père avant d'éteindre sa lampe de chevet. Cette fille ne connaît pas le mal.

Régulièrement, Jeanne sort la voiture du garage pour aller « faire ses bonnes œuvres » à Paris. Elle a noué des liens avec la maison des Filles de la Charité de la rue du Bac. Ces religieuses en cornette blanche sont ses nouvelles amies.

Depuis la fin de la guerre, la foi de Jeanne occupe ses journées. L'amante enflammée est devenue au fil du temps une vieille dame mortifiée qui n'a jamais accepté de ne pas avoir eu d'enfants. Ce sentiment de vide, elle a cherché à s'en débarrasser, à le combler par une vie émancipée. Puis un jour, il s'est de nouveau imposé. Impossible de s'en libérer.

Quand elle revient le soir de Paris, elle n'oublie jamais de se recueillir devant les statues en pierre ou en plâtre blanc qu'elle a disposées dans un boudoir. Il y a là une Vierge Marie, un saint Joseph et un saint Jean-Baptiste. Et aussi, plus imposante, une Jeanne d'Arc, tenant fièrement un drapeau entre ses mains. Parfois, elle s'amuse à changer la disposition des statues, comme dans un théâtre de marionnettes.

Il arrive qu'elle leur parle d'une voix douce et même les cajole, à la manière d'une maman face à ses petits.

Le 21 juillet 1979, François n'a pas relevé que l'avant-veille Simone Veil, l'ancienne rescapée des camps, avait été élue présidente du Parlement européen. Les nouvelles de la presse n'ont plus d'intérêt pour lui. Il se coupe du monde. Il ne lit plus que des romans policiers.

Comme à son habitude, il s'accorde une promenade avec Milou. Mais il ne s'engage pas dans les sentiers herbeux voisins. Il se rabat sur la route qui mène à la nationale 20. Il n'a qu'à la traverser pour trouver un immense champ où Milou peut gambader à loisir. Se souvient-il que lors de l'exode de 1940, les Parisiens ont emprunté cette route dite « de Paris » ? C'est par là aussi que la division blindée du général Leclerc est passée pour libérer la capitale. Jeanne n'aime pas quand il va là-bas, c'est trop dangereux.

Son cocker en laisse, François s'engage sur la RN 20. Une DS blanche tente de freiner mais le percute. Sa tête choit lourdement sur le bitume. François tombe inconscient et décède quelques heures plus tard à l'hôpital. On retrouve des cailloux dans les poches de sa veste de chasse.

Jeanne s'éteint en 1985. Elle pensait vouloir faire de leur demeure un centre pour personnes âgées mais le projet n'a pas abouti. C'est finalement Marie-Thérèse qui hérite de la maison. Pas Jean-Philippe. « Il n'y a pas que dans les romans de Balzac que les gouvernantes parviennent à hériter de la fortune de leurs maîtres », raille alors le journal local. Marie-Thérèse ne restera pas longtemps propriétaire. La Maison des lis est revendue.

23
UNE STATUE CONTRE L'OUBLI

Les plis de sa robe et de son voile sont bien dessinés. Ses mains en offrande s'ouvrent au monde. Son visage est doux, comme pacifié, mais dans mes bras, la statue de la Vierge Marie est lourde. Elle doit peser presque cinq kilogrammes. Est-ce le poids de la culpabilité ou d'un passé trop encombrant ?

Cette sculpture appartenait à Jeanne. Après la revente de La Maison des lis, l'objet est resté. Avec les autres statues qu'elle collectionnait, elle trône dans la petite chapelle construite au fond du parc.

Quand ils m'ont vue la regarder avec insistance, quand ils ont compris que désormais cette statue était un des seuls liens qui me rattachait à mon grand-père, les propriétaires me l'ont donnée.

À Paris, j'ai entreposé la statue de la Vierge Marie dans ma cuisine. Je souhaitais en faire une sorte de déesse Lare, une protectrice pour mon nouvel appartement de femme séparée et désormais libre. Mais son œil droit, qui est abîmé, impressionne mes filles au point de leur faire peur.

« Enlève-la maman, s'il te plaît. »

J'ai remisé l'objet en plâtre à l'abri du regard de mes filles. Je lui ai trouvé une cachette où je peux la visiter. Un lieu aux allures d'oubliettes : les WC.

On réfléchit souvent aux morts en les situant dans le temps et rarement dans l'espace. Leur assigner un endroit est une manière de les circonscrire dans leur juste place. Et de pouvoir enfin risquer d'être soi.

J'ai compris ce jour que mon livre était terminé. Je n'irai pas plus loin. J'ai élucidé la plupart des énigmes, révélé le passé de François et dégrossi les chapitres du roman familial. J'ai ausculté cette « double faute » qui pesait sur nous, ses descendants. Comme une pierre à multiples facettes, j'ai voulu observer tous ses reflets. Ce livre aurait pu s'appeler :

– C'était l'histoire. Fantaisie à peine française,

– Esprit de jouissance. Esprit de sacrifice.

Je maintiens, Une double faute.

En imaginant ses émois et ses troubles, j'ai voulu rendre à mon grand-père son passé. Lui redonner une existence à part entière, lui accorder une vraie place. Pour qu'on ne l'oublie pas. Qu'il ne soit pas qu'une silhouette devenue évanescente sur les albums de famille et dans les livres d'histoire. On ne connaîtra jamais toute la vérité sur François, mais quand bien même il se serait perdu, il a aimé ardemment une femme.

J'ai renoué le fil d'une transmission qui m'avait fait défaut, comblé une part manquante qui était en moi. Désormais, j'ose dire que je suis la petite-fille de François.

Enfin, j'ai voulu écrire. Car l'écriture est le meilleur rempart contre l'oubli. L'écriture lance au silence un défi. C'est elle qui relie les vivants et les morts. Elle ne soigne pas, mais nous rattache à notre profonde humanité.

Mais quelle part de réalité dans ce récit? Quelle part de projection? Je ne sais pas. Les personnes muettes incitent à parler pour elles. On se les approprie parfois sans vergogne. On se glisse derrière leurs émotions en catimini. J'espère au moins qu'ici ou là quelque chose sonne juste et brave le temps. Plus qu'un individu, François devait devenir un personnage. Afin qu'on l'interroge. Afin qu'on se souvienne de lui.

REMERCIEMENTS

À mes frères et sœurs

À mon compagnon, pour le titre qu'il m'a inspiré et bien d'autres choses encore

À tous mes amis et mes cousines, pour leur soutien indéfectible

À mes premiers lecteurs, Anne-Christine, Cécile, Jérôme, Valérie

Aux historiens Michel Margairaz, pour sa relecture attentive, et Hervé Joly, pour m'avoir guidée dans les méandres des archives numériques

À mon éditeur, Denis Gombert, qui a toujours cru en mon histoire, pour son aide plus que précieuse

À toute l'équipe du Cherche Midi, Philippe Héraclès, Jean Le Gall, Nathalie Courtois, pour leur confiance, leur exigence et leur enthousiasme

TABLE

De la même auteure

Le Vieux Monde est de retour. Enquête sur les nouveaux conservateurs, Stock, 2018.
Henri Proglio : une réussite bien française, avec Thierry Gadault,
Éditions du Moment, 2013.
Bernadette Chirac : la reine mère, Éditions du Moment, 2011.
Dans les cuisines de la République, avec Stéphane Reynaud, Flammarion, 2010.
Black, blanc, beur, la guerre civile aura-t-elle vraiment lieu ?, avec Stéphanie Marteau,
Albin Michel, 2006.

Pour plus d'information :

#lisez engagé !
www.lisez.com
Imprimé sur du papier issu de forêts gérées durablement.

Imprimé en France par
CPI Firmin-Didot
en août 2024
N° d'édition : M18036/01. – N° d'impression : 180659